월간 잡초
주간 고양이

월간 잡초
주간 고양이

펴낸날	2022년 9월 7일
지은이	이제
펴낸이	조영권
만든이	노인향
꾸민이	ALL design group
펴낸곳	자연과생태
주소	서울 마포구 신수로 25-32, 101(구수동)
전화	02) 701-7345~6
팩스	02) 701-7347
홈페이지	www.econature.co.kr
전자우편	econature@naver.com
등록번호	제2007-000217호

ISBN 979-11-6450-051-2 03810

이제 글·그림

월간 잡초

우리 곁의 식물

우리 곁의 동물

주간 고양이

자연과생태

머리말

잡초는 미지의 존재.

늘 곁에 있지만 우리가 이름으로 불러 본 적 없는 것,

보더라도 관심 가지지 않았던 것.

도시에서 나고 자라서, 크고 멋지게 자란 풀보다는 보도블록이나 콘크리트의 갈라진 틈을 뚫고 나온 풀을 눈여겨보게 됐습니다. 일부러 심고 가꾸지 않아도 풀은 약간의 흙과 햇빛만 있으면 부지런히 자랍니다. 그리고 그런 풀을 사람은 잡초라 부릅니다. 좀 더 자세히 들여다보면, 그것은 망초, 쇠무릎, 고들빼기, 콩다닥냉이, 지칭개 같은 각자 이름을 가졌을 뿐 아니라, 도시인에게 잊힌 다양한 쓰임새를 가졌습니다. 쓰임새가 없으면 또 어떤가요. 가까이 보면 볼수록 아름다운데.

어쩌다 주위의 작가를 소개하는 독립출판물 <월간잡초>를 만들게 되면서, 대문 앞의 망초와 명아주가 뽑히게 된 사연을 몇 줄의 글로 소개했습니다. 그리고 몇 년이 흘러, 망초가 씨앗을 퍼트려 초원을 가득 채우듯 모아 둔 이야기들이 책 한 권으로 모였습니다. 무심히 살아오던 도시 사람이 뭉뚱그려 '잡초'로 알던 풀, 흔하지만 잘 몰랐던 곤충, 새를 비롯한 동물 등 우리 곁의 다양한 이웃을 만난 이야기입니다. 아직 쓰임새를 찾아내지 못한 '잡초'처럼, 무엇에 좋을지 모르는, 엉뚱하기도 한 체험담 속에 현대인과 자연이 만나는 지점을 담았습니다. 글이 본업이 아닌 글쓴이로, 이야기의 부족한 부분은 되도록 사실적인 그림으로 보충하려 애썼습니다.

이야기 속에 화려하고 신기한 동식물이나 전문적인 지식은 없습니다. 하지만 나와 같은 무심한 도시인 독자가 있다면 이야기를 따라가다 우연히 마주쳤던 풀 또는 숲속의 새소리를 떠올리며 자기만의 '월간 잡초, 주간 고양이'를 만나게 되기를 바랍니다. 자연이 우리에게 위안을 주고자 존재하는 것은 아니지만 우리는 자연에서 가장 커다란 위안을 발견하고, 공존하는 방법을 배울 수 있으니까요.

책에 직·간접적으로 영향을 준 지인들, 특히 지리산 시골살이 학교에서 만난 인연들을 빼고는 이야기가 다 채워지지 못했을 겁니다. 글에는 등장하지 않지만 기억 속에 함께 있는 분들도 책에 도움을 준 셈이고요. 또 <자연과생태>의 노인향 편집장님이 아니었다면 생각 속에 묻혀 버렸을 잡초 같은 이야기가 책으로 엮이지 못했을 겁니다. <월간잡초>

라는 이름으로 함께해 온 작가들과 간간이 책의 안부를 물어 준 가족에게도 감사를 전합니다. 늘 산책하러 가서 새를 본 이야기를 하곤 하는 조카들이 책을 재미있게 봐 준다면 더할 나위 없겠습니다.

2022년 9월

이제

월간잡초
우리 곁의 식물

주간 고양이

우리 곁의 동물

월간 잡초

우리 곁의 식물

채집 본능은 남았지만

통영으로 여행을 갔을 때 일이다. 용화사 가는 길은 전혁림 미술관도 있지만 동네 풍경도 정감 넘쳐서 특별한 목적 없이 어슬렁거리고 있었다. 그러다 출판사 남해의봄날에서 운영하는 봄날의책방 앞을 지나는데 웬 열매가 잔뜩 달린 나무가 눈에 띄었다. 가까이 가 보니 농익어서 땅에 떨어진 열매가 셀 수 없이 많았다. 아무도 열매를 따지도 줍지도 않는 게 신기했다. 지금 생각하면 웬 '근자감'인가 싶지만 당시에는 열매가 작은 걸 빼면 제법 무화과를 닮았다고 여겼다. 잎은 무화과와 전혀 닮지 않았지만 쓸데없는 탐구심으로 하나 시식해 보기로 했다.

돌이켜 보면 나의 채집경제 역사는 꽤 오래전으로 거슬러 올라간다. 서울에 있는 대부분 학교처럼 내가 다녔던 초등학교도 야산 중턱에 있었다. 아이들이 산에 들어가는 걸 막고자 둘레에 철망 울타리를 쳐 놓았는데, 나는 점심시간이면 울타리 쪽문을 찾아 열고 들어가 산딸기를 따 먹는 일에 골몰했다. 외할아버지·할머니가 공릉동 마당 있는 집에서 사실 때는 사촌들과 마당의 까마중을 따 먹기도 하고 골목길에 늘어서 있던 해바라기 씨를 훑어 먹기도 했다. 대학생이 된 후에도 채집 본능을 버리지 못하고 문경에서는 산길을 걷다 모 대학교 수련원 울타리 옆에 잔뜩 열린 오디를 따 먹으며 걸었고, 어느 산에서는 떨어진 다래를 주워 먹기도 했다. 외암리 민속마을에서는 낮은 담장 너머 본 송아지를 예쁘다고 칭찬했다고 옆에 계시던 할아버지가 나무에서 따 주신 살구를 넙죽 받아 먹었다.

천선과

특별히 누가 가르쳐 주지 않았지만 도시에서 나고 자란 내게
도 오랜 세월 전해 내려온 채집인 유전자가 남아 있나 보다.
무화과와 닮은 나무 열매를 하나 먹어 본 결과 상당히 먹을
만했다. 그래서 지천으로 열린 열매가 내 눈에는 아까워 보
였지만 어쩌랴, 아무도 먹지 않는 걸.

여유로운 섬 산책을 생각하며 대매물도로 향했는데 우리가
직면한 건 뜻밖에도 등산과 식량 부족이었다. 섬은 바다 한
가운데 떠 있는 산이니 매물도도 한 바퀴 돌려면 가파른 산
을 올라야 했다. 거기에 비수기여서 다섯 손가락에 꼽을 수
있는 식당도 모두 문을 닫은 터였다. 민박집 주인아주머니
는 우리를 두고 통영에 나가시며, 삶은 고구마 몇 개를 주
셨다. 우리가 가진 식량은 햇반 몇 개와 참치캔 정도가 전부
였다. 어쨌든 나선 동네 산책에서 만난 게 또 무화과를 닮은
그 열매였다. 나는 때깔이 좋아 보이는 열매를 골라 덥석 따
먹었지만 같이 간 지인은 권해도 먹지 않았다. 다음 날 들른
소매물도에서 먹은 것까지 합치면 나는 그 열매를 꽤 많이
먹었다.

통영에 돌아오니 거리에서 아주머니들이 마침 철이던 무화과를 바구니 바구니 쌓아 놓고 팔고 계셨다. '아무래도 진짜(?) 무화과가 낫지!' 라며 그것도 사다가 저녁에 숙소에서 몇 개 까먹었다. 그리고 그날 밤 엄청난 복통에 시달렸고 역시 모르는 열매를 먹은 탓인가 했다. 하지만 먼저 서울에 간 지인에게 연락해 본 결과 원인은 아침에 같이 먹은 국밥이었던 걸로.

서울에 와서 열심히 찾아봤더니 역시 그 열매는 무화과 친척이 맞았다. 야생 무화과라고 할 수 있는 천선과였다. 왠지 모르게 뿌듯했지만 역시 궁금하다고 아무거나 먹어 보는 건 삼가야지 싶었다. 채집인 유전자만 남아 있고 요리조차 거의 하지 않는 도시 사무직 노동자가 지식이나 경험 없이 갑작스레 채집경제 활동을 한 끝에 '모 씨, 산에서 열매 따 먹다 병원에 실려 가' 같은 기사의 주인공이 될 수도 있었을 테니 말이다.

굳이 뽑으실 것까지야

한 10년간 잘 살던 동네에서 젠트리피케이션 영향으로 떠밀려 몇 번 이사한 끝에 지금 집에 이르렀다. 50년 가까이 된, 문서상으로는 목조 건물인 집은 수리 없이 들어가기 어려운 상태라 이전 셋집을 비워 주기 전까지 짧은 기간 동안 급하게 고쳐서 이사했다. 그리고 얼마 지나지 않아 무슨 바람인지 구청에서 골목길 보도블록을 싹 갈아 치우는 공사를 했다. 벽이 무너질 것 같은 굉음과 진동에 놀라 나가 보니 우리 집 담이자 벽 바로 옆을 파 내려가고 있었다. 주민에게 (적어도 나에게는) 일언반구도 없이 말이다.

이런 우여곡절 끝에 골목은 재정비됐고, 어느 날 문을 열어 보니 집 앞에는 역시 묻지 않고 구청에서 가져다 둔 커다란 나무 화분이 놓여 있었다. 가져다 두기 전에 묻기라도 했다면 좋았겠지만 어쨌든 마당이 1평도 없는 집에 큰 화분이 생긴 건 환영할 만한 일이었다. 하지만 화초를 키우는 일에는 젬병인 내가 무언가를 심기도 전에(마찬가지로 내 의사와는 상관없이) 곧 화분에서 싹이 트더니 자라기 시작했다. 특히 명아주와 개망초는 신나게 자라서 순식간에 어린아이 키만큼 컸다. 달리 계획이 있는 것도 아니었기에 나쁜 일은 아니라 여기며 한동안 그대로 두고 봤다.

우리 집은 방음이 잘 되지 않아 집안에 앉아 있으면 골목에서 나는 소리가 잘 들린다. 아침이면 공공근로를 하시는 할머니들이 앞집 계단에 앉아 잠시 쉬시며 두런두런 이야기를 나누시는 소리도 들려온다. 그러던 어느 날, 대문 밖에 나가 보니 키 큰 명아주와 망초가 몽땅 뽑혀 있었다. 누가 남의 집 화분(구청에서 가져다 놓기는 했지만 일단 내 집 앞에 있으니 내 화분)에 자라는 풀을 막 뽑았나 싶어 화가 났다가 문득 할머니들이 떠올랐다. 아마 당신들이 농사지으실 때 원수 같던 잡초가 생각나 '이건 뽑아야 해' 하는 마음으로 명아주와 망초를 뽑아 놓으신 게 아닐까 싶었다. 하지만 그게 대표 작물(?)

이던 내 화분에는 날벼락이었다. 도로 틈이나, 공사를 하려고 갈아엎거나 비워 둔 땅에 어느새 자라나 초원을 이루는 망초, 허허벌판을 푸르게 꾸며 주는 개망초가 어쩌다 화분을 독차지하고 자랄 뻔했는데 그만 쫓겨나고 말았다.

어린 명아주는 나물로도 먹지만 잘 자라면 지팡이로도 만든다. 망초와 개망초 역시 나물로 먹어도 맛이 괜찮다고 한다. 골목길 화분이라 먹기야 찜찜하지만 개망초는 계란꽃이라고도 부르는 하얀 꽃도 예쁜데 굳이 그렇게 뽑으실 것까지야.

명아주와 개망초

검색은 삽질

언제부터인가 도서관 주변에서 풀 하나가 눈에 띄었다. 흔히 보던 풀은 아니고 털이 보송보송한 게 예전에 종종 가던 식물원에서 봤던 램스이어(Lamb's ear)와 닮아서 혹시 그건가 했다. 비교적 따뜻했던 2018년 겨울, <월간 잡초>에 실을 로제트 식물을 찾아 동네를 다니다가 한겨울인데도 도서관 화단과 산 쪽 활터로 올라가는 길가 여기저기에서 꽤 큰 잎을 펼치며 번성하고 있는 이 풀이 갑자기 궁금해졌다. 하지만 꽃도 없는 계절에 비전문가인 내가 이름 모를 식물을 찾을 만한 단서는 적었다.

우선 '램스이어'로 검색하며 약간 삽질을 하다가 관련이 없는 종이라 잠정적 결론을 지었다. 이어서 큰 기대 없이 사진을 찍어 구글에서 이미지 검색을 해 봤고, 결과로는 국명조차 없는 *Hieracium lanatum*(Woolly hawkweed)이라는 식물이 나왔다. 꽃은 민들레같이 생겼고 잎맥이 약간 달라 보였다. *Hieracium*(조밥나물속)에 속한 식물을 아무리 살펴도 비슷한 게 없었다.

다시 woolly leaf winter라는 키워드로 구글 이미지 검색을 하다 어느 커뮤니티에서 Mullein이라는 이름(여러 종류가 있음)을 발견했다. 기쁨도 잠시, 램스이어도 Mullein의 한 종류였다. 다시 원점인가…….

산림청 국가표준식물목록 검색창에서 Mullein을 입력하니 몇 가지 재배종 학명이 나왔다. 국명이 제대로 있는 식물 중에서는 '우단동자'가 아닌 '우단담배풀'이 비슷한 것 같았다. 그러고 보니 잎에 털이 난 걸 빼면 담뱃잎과 닮았다.

우단담배풀로 검색하니 뜻밖에 흔히 관찰되는 풀이었다. 아주 최근(1980년대 후반 추정)에 귀화했으며 블로그나 네이처링(자연 관찰 기록을 올리고 공유하는 앱)에도 자료가 있었다. 다

우단담배풀

크면 2미터나 되는 큰 풀로 길게 꽃대가 올라오며, 잎을 만지면 가려울 수도 있다. 잎은 Cowboy's toilet paper라고도 한다(아니, 가렵다며). 외국 자료를 찾으니 서양에서는 오래전부터 기침약이나 감기약으로도 먹고 염증을 치료하는 데에 바르기도 하는 나름 약용 식물이었다.

잡초처럼 보여도 약으로 쓰이는 풀이 많다. 우단담배풀 역시 지금 이곳에서는 아무도 신경 쓰지 않는 잡초로 자라고 있지만, 나중에 어떻게 쓰일지 모를 일이다. 이름을 알고서 다시 만난 우단담배풀은 아랑곳없이 도서관보다 도심에 가까운 내수동의 어느 카페 앞까지 세를 펼치고 있었다.

덤불에 숨겨진 아름다움

댕댕이덩굴 리스

단독주택에 살던 어린 시절, 엄마가 아끼시던 바구니가 있었다. 짙은 고동색 줄기로 엮은 바구니로, 속이 깊어서 주로 안에 병을 넣어 꽃을 꽂아 두었다. 요즘 라탄 바구니보다는 줄기가 가늘지만 훨씬 곱고 단단하게 잘 짜인 물건이었다. 바구니를 꽤 자세히 기억하는 이유는 내가 처음 그렸던 한국화 소재였기 때문이다. 선물 받은 거라 들었고, 제주 댕댕이덩굴로 만들어 그때도 흔히 구할 수 있는 건 아니었던 모양이다.

2017년 늦가을, 지리산 자락 산내마을을 어슬렁거리다 덩굴에 달려 예쁜 청색에서 보라색으로 익어 가는 열매를 봤다. 천선과 사건도 있었고, 지리산이음에서 운영한 시골살이학교 프로그램에서 함께 본 영화 〈Into the wild〉의 교훈(주인공은 도감 그림을 잘못 봐서 독초를 먹고⋯⋯)도 있었지만, 혓바닥에 대어 보는 것 정도는 괜찮겠지 싶어 또 열매를 따고 말았다(그래도 먹지는 않았다!). 먹을 수 있는 건 아니지만 열매는 물론 덩굴과 잎도 무척 예쁜 식물로, 한번 발견하니 주변에서 지천으로 자라고 있는 게 보였다. 열매와 잎 모양으로 살펴 이름을 찾아보니 바로 댕댕이덩굴이었다. 그때 수십 년

댕댕이덩굴

동안 까맣게 잊고 살았던 엄마의 바구니가 떠올랐다. 바구니로 짜려면 잘 말린 덩굴을 쓸 테니, 사실 다른 어디선가 봤어도 바구니와 자연에서 자라는 댕댕이덩굴을 연관 짓기는 쉽지 않았을 거다.

쓰임이 있다는 걸 알고, 덩굴을 발견한 곳 근처에 사는 지인과 함께 댕댕이덩굴을 꽤 많이 모았다. 지인은 처음 만났을 때 칡 순으로 튀김을 하며 잡초 쓰임새에 발상의 전환을 보여 준 분인데 이번에는 댕댕이덩굴로 리스를 만들면 좋겠다고 했다. 동그랗게 잘 말아서 한옥 창호지 문에 걸었더니 수수한 멋이 있었다. 집에 돌아와서 선물로 받은 댕댕이덩굴 리스를 유리창 앞에 걸어 두었다. 나중에 자연으로 다시 돌아갈 수 있어 더 좋은 장식이다.

자료를 찾아보니 꽤 오래 전, 부여에 댕댕이덩굴 바구니를 만드는 인간문화재 기사가 있었다. 제주에서는 정동벌립(댕댕이덩굴을 정동이라 부르며, 벌립은 농부가 일할 때 쓰는 모자를 가리킨다)이 무형문화재로 지정되어 있지만, 중산간 개발과 환경 변화로 댕댕이덩굴을 찾기 어려워졌다고 하니 안타까운 일이다.

생태교란종의 매력

지금 집으로 이사 오고서 미국자리공을 처음 발견한 곳은 도서관 가는 길이었다. 온갖 잡초가 뒤섞인 비탈진 풀밭에서부터 세력을 확장하던 미국자리공은 이윽고 우리 집 지붕 물받이에서까지 자리를 잡았다.

그 과정을 추측해 보면 이렇다. 옆집 키 큰 나무들이 자라면서 골목을 건너 우리 집 지붕까지 팔을 뻗었고 잎이 질 때면 우리 옥상과 지붕에 낙엽이 잔뜩 쌓였다. 이런 일이 여러 해 거듭되니 지붕 물받이에 비옥한 토양(?)이 형성됐고, 어떤 새가 미국자리공 열매를 먹은 다음 여기에 씨앗을 배설했고, 이 씨앗이 무럭무럭 자란 것이리라. 이듬해에는 대문 앞 화분까지 진출해 망초와 함께 쑥쑥 키가 커 갔다.

미국자리공

미국자리공은 워낙에 생태교란종으로 널리 알려졌던 터라, 식물에 그다지 관심이 없던 시절부터 이름만큼은 익숙했다. 생김새는 잘 몰랐는데 (새가 보기에는) 먹음직스럽게 생긴 열매가 잔뜩 달리고, 열매와 즙 색깔이 예뻤다. 그래서인지 꽃꽂이하는 사람들에게도 제법 인기가 있다.

언젠가 여러 나물을 재배하시는 농부 님 댁에서 흔히 보기 어려운 장록나물을 먹었는데, 알고 보니 이것도 자리공 종류였다. 뿌리와 잎에 독성이 있어 반드시 알맞은 시기에 따서 삶아야 하지만 맛은 일품이었다. 수가 많아 골칫거리인 생물도 건강에 좋다거나 맛이 있다는 소문이 나면 금세 사라질 거라고들 농담 삼아 말하는데, 미국자리공도 나물 맛이 알려지면 지금처럼 마음껏 기세를 떨치지는 못하려나.

그렇게 해를 끼치지는 않는다는 게 밝혀졌는지 미국자리공은 언제부터인가 생태교란종에서 해제됐다. 그런데 욕심 사납게 땅을 차지해 가며 다른 생물을 살지 못하게 하는 게 생태교란종이라면, 가장 심각한 생태교란종은 인간이 아닐까?

심지도 않았는데 자라는 것

쌈 채소 모종을 사면서 공기 정화 식물이라는 타라 화분을 함
께 샀다. 식물을 그다지 잘 키우는 편이 아니고 집에 마당도
없지만, 집에 있는 시간이 늘어나면서 매일 사 먹기도 번거
롭고 금방 시드는 쌈 채소를 자급해 보자는 생각이 들었고,
그 김에 수리한 집이니 공기 정화 식물도 있으면 좋을 것 같
아서였다.

안타깝게도 타라는 해가 잘 들지 않는 실내에서는 기운을 못
차려 공기 정화는 기대도 못하고 옥상으로 올려 보냈다. 하
지만 곧 여름이었고 콘크리트 옥상에서는 한나절만 볕을
쬐어도 풀들이 바싹 말랐다. 타라도 예외 없이, 아니 옥상에
있는 여느 풀보다 더 쉽게 시들어 버렸다. 뒤늦게 물을 줬지

만 아무래도 늦은 것 같았다.

날이 조금씩 선선해지고 비가 내리면서 시들었던 옥상 풀들
이 하나둘 고개를 들었다. 말라 죽었다고 생각한 타라 화분
에서도 무언가 자라기 시작했다. 혹시 뿌리가 남아 있어 타
라 싹이 다시 올라오는 건가 싶어 열심히 물을 줬다. 타라를
키워 본 적이 없으니 싹이 어떻게 생겼는지 모르지만 자라
면 자랄수록 이건 미운 오리 새끼 같다 싶었다. 타라처럼 위

쇠
비
름

로 자라지 않고 흙을 기며 줄기를 뻗어 나갔기 때문이다.

타라가 부활하기를 기대하던 마음이 거의 사그라들 무렵, 편의점 앞 보도블록 사이에서 타라 화분에서 자라는 것과 똑같이 생긴 잎을 발견했다. 바로 쇠비름이었다. 그때만 해도 조지프 코케이너의 『대지의 수호자, 잡초』를 읽기 전이라 쇠비름을 그저 잡초라 여기며, 타라가 아니라는 이유로 그 화분에 무심해졌다. 하지만 쇠비름은 아랑곳없이 옥상 땡

볕을 받으며 잘만 자랐다.

그러다 옥상 농사를 지으면서부터 특별히 정제 과정을 거치지 않는 한, 흙에서는 심지 않은 식물이 저절로 자랄 수밖에 없다는 걸 차차 깨달았다. 사방에서 날아오는 다양한 씨앗을 막을 도리가 없다는 것도. 어느 해는 텃밭 채소를 가꾸는 화분에 이웃집 메타세쿼이아 씨앗이 날아와 줄지어 싹을 틔운 적도 있었다. 심지어는 옥상 방수 공사 때문에 화분을 치우고, 주문했던 흙도 비닐 포대 입구를 막아 놓은 채 겨울을 났는데 이듬해 봄에 비닐 포대를 열어 보니 그 속에서 달개비, 비름, 망초 같은 풀이 고개를 내밀고 있었다.

이런저런 일을 겪으면서 도시 농업에 크게 집착하지 않게 된 나는 키우고 싶은 풀과 저절로 나는 풀이 어우러지게 둔다. 그리고 대개는 내가 키우는 풀보다는 저절로 나는 풀이 더 잘 자라더라.

물려받은 밭의 강자

여름 끝자락, 지리산 시골살이학교 지인이 경의선 숲길 공유
지 텃밭을 가꿀 사람을 찾는다며 연락이 왔다. 공유지와는
그전에도 인연이 있었던 터라 가벼운 마음으로 나갔다. 여
름이 지나간 텃밭은 거의 덤불로 방치되어 있었다. 상반기
에 농사를 짓던 사람들이 포기하고 자연스럽게 풀 천국이
된 것이었다. 으뜸 농사꾼 샘의 지휘로 풀을 다 걷어 내고
각자 맡은 구역을 정리했다.

대부분 가을에 거두어들일 배추 같은 작물을 심었지만, 시골
살이학교에서도 농부 체질은 아님을 증명한 나는 집에서
잘 자라지 않는 허브 모종 몇 가지와 내 취향 풀 몇 가지를
심었다. 자주 들를 만한 거리는 아니어서 일주일에 한두 번

쯤 가서 물을 주고 오고는 했는데 한 주일이 가도 두 주일이 가도 내가 뿌린 씨앗들은 허브를 빼고는 영 소식이 없었다. 다른 사람들 텃밭은 점점 모양새를 갖춰 가는데, 내 텃밭은 정체를 잘 모르겠는 데다가 그나마 잘 자라던 허브는 누가 통째로 파가는 사태까지 생겼다.

그런 내 텃밭에도 시간이 흐르니 무언가가 나기 시작했다. 좀 뜯어 먹어도 될 만큼 자라서 잎을 뜯는데, 잎에 난 가시가 어찌나 억센지 잘못 만지면 아플 정도였다. 그러면서도 나는 '이거 꼭 겨자 잎 같은데 내가 겨자를 심었던가? 여하튼 겨자 잎을 좋아하니 샐러드에 넣어야지!'라고만 생각했다. 집에서 잎을 씻으면서도 '역시 노지에서 자란 채소는 참 억세구나'라고만 여겼다. 그리고 그 다음 주 텃밭. 그 잎은 내가 생각했던 겨자 잎이 아니었다. 바로 물려

받은 밭에서 없애기가 그리도 힘들다는 전설의 식물 '갓'이었다. 어쩐지 씨앗을 뿌린 데가 아닌 곳에도 여기저기 많이 나 있더라니.

동네 지인이 가꾸는 텃밭에서도 갓은 심지 않아도, 심지어 마구 뽑아도 매년 먹고도 남을 만큼 자란다. 전설의 식물 갓을 알고 나니 시골에서 길을 가다가 밭을 탈출해 무성히 자라는 것도 눈에 띄었다.

여기서 반전은 갓과 겨자가 다르지 않다는 거다. 물론 식물을 잘 아는 분은 익히 아는 사실이겠지만 나는 전혀 몰랐다. 갓을 찾으면 이름에 Mustard가 붙은 식물들이 나온다. 어쩐지 갓은 우리나라에서만 먹을 것 같은데, 겨자는 세계에서 널리 향신료로 쓰이고 성경에도 언급됐으니 사람과 함께한 역사가 오랜 식물이다.

갓의 가계도는 꽤 복잡해서 여러 변종이 있다(한국농정신문에 따르면 놀랍게도 케일, 브로콜리, 콜리플라워, 양배추 등이 갓의 사촌이라고 한다). 사람들이 즐겨 먹게 된 이래로 잎을 주로 쓰는 김치용 갓과 씨앗을 주로 쓰는 겨자용 갓이 따로 개량된 모양이다.

어릴 때 여름이면 집에서 삶아 먹던 냉면에는 겨자기름이 들어 있었다. 심심한 냉면에 겨자기름을 한두 방울 떨어트리면 놀랍게도 풍미 가득한 냉면으로 바뀌었다. 그 겨자와 시원한 맛이 일품인 돌산 갓김치의 갓이 같은 식물이라니, 풀의 세계는 참으로 오묘하게 맛깔스럽다.

우리 곁의
식물

톡 쏘는 늦봄의 향기

산초나무

식물은 부지런하다. 해마다 날이 따뜻해지기 전부터 봄을 깨우는 건 낙엽 더미 속에서, 길가 어딘가에서 고개 내민 초록이다. 조금만 한눈을 팔면 곧 한창때가 지나 버리는 부지런한 매화도 있는 반면, 봄꽃이 다 피어도 죽었는지 살았는지 영 소식이 없는 식물도 있다. 바로 산초나무다.

산초나무는 초피(제피)나무와 비슷해 모르는 사람은 헷갈리고는 한다. 둘 다 톡 쏘는 향이 나서 향신료로 많이 쓰며, 잎 생김새도 가장자리가 조금 다른 것(초피나무는 살짝 뾰족뾰족하고 산초나무는 둥그스름하다) 말고는 대체로 비슷하다. 그런데도 내가 산초나무에 더 정을 붙이게 된 건, 따뜻한 남쪽 지역에서 주로 볼 수 있는 초피나무와 달리 산초나무는 서울

산에서도 흔히 볼 수 있고, 내가 자주 다니는 산 책길에서도 자라기 때문이다. 다른 곳에서 본 산초나무는 대부분 위로 길게 자랐는데, 산책길 산초나무는 둥글게 모여 자라 덤불을 이루었다. 아마도 커다란 바위에 자리 잡아 위로 쑥쑥 크기가 어려웠나 보다.

산초나무는 주변이 모두 연둣빛으로 물들 때까지도 가시투성이 가지에 잎을 틔워 올릴 기미를 보이지 않다가, 꽃 소식에 다들 들뜨는 무렵에야 잘 잤다는 듯 겨우 조금씩 어린잎을 내보내기 시작한다. 이 가시투성이 나무는 깨어나고 나면 작고 귀여우며 특유의 향을 내는 잎으로 뒤덮이기 때문에 모르고 지나치기 어렵다.

잎을 살짝만 문질러도 손에 톡 쏘는 비누 향 같은 냄새가 한참 남는다. 상쾌하지만 음식으로 맛있을 것 같은 냄새는 아니다. 하지만 지리산 산골 숙소에서 처음 맛본, 후추만 한 크기에 포도송이처럼 달린 동글동글한 산초 장아찌는 은은하

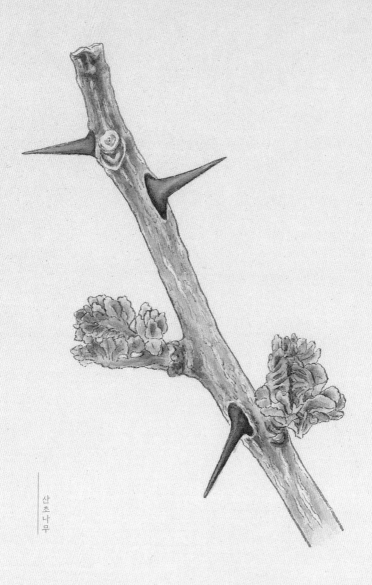

산초나무

니 맛이 좋았다. 산초는 추어탕에 넣어 먹는 걸로만 알았는데 장아찌도 담그고, 황해도에서는 된장찌개에 넣어 먹기도 하는 모양이다(황해도에서는 동남아시아나 중국 음식에만 넣어 먹는 줄 알았던 고수로 김치도 담근다고 한다. 서울 출신인 나는 상상도 못 할 일이다!). 그나저나 산초 넣은 된장찌개 맛은 어떨지 궁금하다.

꼬리에 뭘 붙여 왔어?

지금 나와 함께 사는 고양이는 원래 밖에서 살다 제멋대로 우리 집에 들어온 녀석이다. 추운 겨울 동안 잠시 방 한구석을 빌려 쓰다 봄이 되면 나가기를 기대했지만, 기대와 달리 녀석은 점점 집안에서 영역을 확장하며 외출 고양이가 되어 버렸다. 그리고 동거 2년 차에 가출을 두 번이나 했다.

처음에야 나가기를 바랐지만 일단 정착(?)한 뒤부터는 가출을 하니 여간 걱정스러운 게 아니었다. 나가지 못하게도 해볼까 싶었지만 목소리가 큰 고양이와 매일 밤 싸울 만한 체력이 없던 나는 그냥 포기하고 말았다. 대신 가출하면 혹시라도 녀석이 있을 만한 곳이 없나 동네 구석구석을 돌아다녔다. 그렇지만 녀석은 대문 밖만 나서면 언제 집고양이였

냐는 듯 나를 피해 잽싸게 내빼서 사생활을 알지 못하는 데다, 사람이 다니는 길과 고양이가 다니는 길이 같을 리 없으니 찾을 수가 없었다.

하릴없이 며칠을 헤매다 문득, 가출하기 전에 고양이가 풀씨 같은 걸 몸 여기저기에 붙이고 돌아오던 게 떠올랐다. 깨알보다는 크고 한쪽이 뾰족한 풀씨처럼 생긴 열매였다. 그 풀이 뭔지 알면 고양이가 갈 만한 곳의 단서를 찾을 수 있지 않을까 싶었다. 내가 아는 식물 중에서 열매가 옷이나 털에 붙을 만한 건 도깨비바늘이나 도꼬마리뿐인데 그 열매는 대체 뭐였을까?

그러고 보니 지인이 키우는 삽사리들은 산책을 다녀오면 곱슬곱슬한 털에 도깨비바늘을 잔뜩 묻히고 올 때가 있었다. 얼굴 털에도 붙어 있어서 아프지 않을까 싶어 떼어 주려 하면 요란스럽게 반기며 달려드는 바람에 떼어 주기 쉽지 않았고, 거기다 삽사리 털은 곱슬곱슬해서 도깨비바늘의 튼튼한 열매 가시와 최악의 조합이었다.

이와 달리 고양이가 몸에 붙여 오던 열매는 고양이 등짝을 대충 툭툭 쓸어 주면 바로 떨어졌다. 늘 그렇듯 아는 사실 몇 가지를 조합해서 열심히 검색해 본 결과, 쇠무릎 열매였다. 쇠무릎은 뿌리에 우슬이라는 약초명까지 있는, 관절에 좋다는 풀이다. 사진을 보니 주의 깊게 보지 않아서 그렇지 산책하며 종종 본 적이 있는 것 같았다.

쇠무릎 군락은 산책하러 다니는 인왕산 오솔길 옆에서 금세 찾았다. 하지만 고양이가 오기에는 거리가 있고 차도도 건너야 해서 위험했다. 도통 집 근처에서 녀석을 찾을 수 없으니 멀리 있지 않을까도 생각했지만 그래도 지나치게 멀었다. 다시 집에서 좀 더 가까운 곳을 헤매다 도서관 뒤쪽 경사진 풀밭에서 쇠무릎을 발견했다. 집에서도 그리 멀지 않고, 사람이나 차가 다니지 않는 밤이라면 고양이가 다니기에도 충분했지만, 풀밭 근처를 오가는 고양이는 한 마리도 없었다. 알고 나니 쇠무릎은 생각보다 흔해서 단서라기에는 부족했다.

포기하고 집으로 돌아오는 골목길에서 공사하다 멈추고 닫아 놓은 집이 갑자기 눈에 들어왔다. 커다란 나무판자로 문을 만들어 자물쇠를 굳게 걸어 놨지만, 고양이가 드나들 만한 틈이 있었다. 문틈으로 들여다보니 과연, 잡초 천국이었다.

쇠무릎

그리고 고양이에게도 사람의 방해를 받지 않고 느긋하게 지낼 수 있는 천국일 것 같았다. 우리 집 녀석도 평소에 이런 곳에서 뒹굴뒹굴했던 걸까 궁금했지만 증명할 길은 없었다. 고양이에게는 경계가 없는 곳이라도 인간에게는 엄격한 사유지니까. 다만 하나 확신할 수 있는 건, 인간에게는 버려지거나 낭비된다고 여겨지는 땅이 풀이나 고양이(아마 다른 동물에게도)에게는 숨 쉴 수 있는 공간이라는 점이다.

가출 고양이께서는 정확히 2주 후 집에 돌아왔지만 지금도 그 쇠무릎 열매를 어디에서 붙여 왔는지, 2주간 어디에서 지냈는지는 알 수 없다.

나만 좋아하는 줄 알았더니

냉잇국, 냉이 나물을 좋아하긴 하지만 냉이 종류가 셀 수 없이 많다는 걸 안 지는 얼마 되지 않았다. 그중에서도 먹거리로 알려지지 않은 콩다닥냉이는 냉이인 줄도 모르고 그저 씨앗 생김새가 예뻐 뒷산에서 따다가 낮은 접시에 꽂아 놓았다. 보통 냉이는 씨방이 세모꼴로 펼쳐지지만 콩다닥냉이는 둥글고, 위에서 보면 빈틈없이 돌아가며 펼쳐져 있어서 귀엽다. 언뜻 병 솔 같기도 하고. 처음에는 녹색이다가 시간이 갈수록 울긋불긋 단풍처럼 익어 가는 색도 예쁘다. 콩다닥냉이를 처음 발견한 건 인왕산 산책로에서였다. 정자를 만들어 놓은 왕모래 공터는 땅을 고르는 작업을 한 지 얼마 되지 않아 풀이 많이 자라지 않았는데, 그 기회를 틈타 콩다닥냉이가 나지막하게 다다닥 솟아 있었다. 그리고 산초나무를 보러 종종 들렀던 성곽길 근처 큰 바위 옆(이곳 역시 바위가 부스러져 땅이 왕모래로 이루어져 가는 곳이다)에서도 콩다닥냉이가 자라고 있었다. 콩다닥냉이도 망초처럼 척박한 토양에서 잘 자라는 능력을 갖추고 있나 보다. 하지만 인간계에서는 (역시나 망초처럼) 잡초로 통용되는지라 봄에 산책로 주변 정리가 끝나면 콩다닥냉이는 뭉텅 뽑힌 채로 방치되고는 한다. 나는 그걸 꽃다발처럼 들고 온다.

콩다닥냉이는 영어로 Poor man's pepper라고도 부르며 겨자(Mustard) 종류다. 그래서 후추 같은 매운맛이 나며, 비타민 A와 C도 풍부하다고 한다. 하긴 친척뻘인지는 모르지만 고추냉이도 있으니 언젠가 콩다닥냉이도 먹거리가 되지 말라는 법도 없겠지.

한동안 나는 콩다닥냉이를 나와 내 주변 몇 명만 아는 숨겨진 보물 같은 풀이라 여겼다. 그런데 몇 해 전 겨울, 지인의 안내로 방문한 논산의 식당에서 말린 콩다닥냉이 다발이 장식된 걸 보고 놀랐다. 그것도 한 아름이 넘을 만큼 커다란 다발이었다. 아, 역시 건강한 토양에서는 잡초가 자라는 규모도 다르구나. 척박한 도시의 산자락에서 군데군데 오종종히 자라던 콩다닥냉이와는 비교 불허!

나중에 미국 웹사이트에서 발견한 팁 하나. 콩다닥냉이는 로키산맥에도 흔하며, 말리면 오래간다고 한다. 예쁜 건 다들 아는 모양이다.

외계인 안테나?

새깃유홍초를 처음 본 건 어느 가을, 부암동 환기미술관 앞이었다. 길가에 방치된 것 같은 화분에서 빨간 꽃을 피우고 있었다. 꽃도 예쁘지만 이름에서 알 수 있듯 새 깃과 닮은 잎이 신기해서 한참을 보다가, 마침 씨앗이 여물었기에 씨앗을 받아다가 이듬해 봄 우리 집 화분에 심었다. 옥상은 건조하고 땡볕이라 매일 물을 주지 않으면 흙이 바짝 말라 버리므로 그러지 않도록 신경을 많이 썼다. 싹이 트기를 기대하며 매일같이 정성껏 물을 준 지 일주일이 넘었을 무렵, 화분 흙을 비집고 나온 뭔가가 보였다. 아뿔싸! 이미 말라붙은 것 같은 싹(심지어 풀색도 아닌 낙엽색에 가까운)이었다.

내가 물을 제때 주지 않아서 벌써 말라 죽은 건가? 안타까워하며 계속 화분을 살폈는데 놀랍게도 하루 이틀이 지나자 말라비틀어진 잎이 점점 펴지더니 두 갈래로 갈라졌다. 그리고 이어 다시 네 갈래로 갈라져서 안테나 같은 모양을 이루었다. 이게 뭐지? 새 깃처럼 생긴 잎이 예뻐서 심은 건데 엉뚱한 씨앗을 잘못 심었나? 하지만 며칠 후, 이상한 네 갈래 떡잎 사이로 자잘한 본 잎이 모습을 드러냈고, 순조롭게 덩굴을 뻗으며 무수히 많은 새 깃으로 자라났다.

그 후, 옥인동과 체부동 골목길 스티로폼 상자 화분에서 안테나처럼 뻗은 새깃유홍초 떡잎을 발견했을 때는 왠지 웃음이 나왔다. 내가 알기로는 새깃유홍초는 관상용 외에 다른 용도는 없는데, 이 화분 주인들도 신기한 잎 모양에 끌린 걸

새기슭유홍초

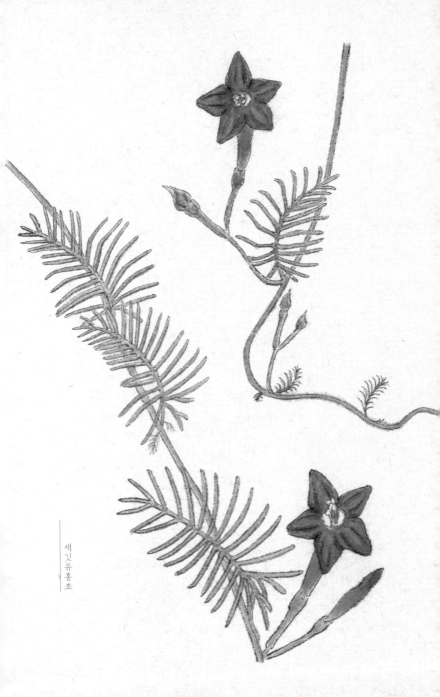

새깃유홍초

까, 아니면 덩굴에 줄지어 달리는 작고 빨간 꽃에 끌린 걸까? 종로도서관 울타리 옆 화단에도 새깃유홍초가 자란다. 이 화단에서는 온갖 잡초가 기세 좋게 자라다가도 한 번씩 화단을 정리하는 시기가 지나면 대개 사라지는데, 새깃유홍초는 용케 살아남아 매년 여기저기 덩굴을 올리고 가을이면 작고 빨간 꽃을 피운다.

남아메리카 출신 새깃유홍초는 원예종으로 우리나라에 들여온 게 울타리를 넘어 들로 퍼진 것 같다. 그리고 나처럼 이 풀에 끌린 사람들이 정원이나 화분에 옮겨 심으면서 더 널리 퍼지고 있는지도 모른다. 미국나팔꽃처럼 다른 풀이나 작물을 제치고 골치 아플 정도로 번성하지는 못해도, 이만하면 생존력은 충분해 보인다. 원산지에서는 벌새가 좋아하는 꽃이라고 한다. 새깃유홍초와 벌새가 함께 있는 풍경이라니, 상상만으로도 아름답다.

꽃보다 이파리

톱풀

언제부터인가 나에게는 식물을 키울지 말지를 결정하는 기준
　이 잎의 모양이 된 것 같다.

지리산에 갔을 때 지인과 지인의 삽사리와 함께 동네를 산책
　하다가 정원을 예쁘게 꾸며 놓으셨다는 이웃 댁에 잠시 들
　렀다. 두 분이 이야기를 나누는 동안 시간을 들여 가꾼 정원
　을 둘러보다 화분과 돌확에서 길게 늘어진 풀을 발견했다.
　톱풀이었다. 흰색 꽃이 자잘하게 핀 톱풀의 이파리는 마치
　빵칼처럼 기다랗고 가장자리에 톱니가 있었다. 내가 이파
　리 모양에 매료된 사이 집주인께서는 차를 내오시고, 말리
　던 호두(귀한 국산 호두!)를 깨서 삽사리에게 나눠 주셨다. 와,
　개도 호두를 잘 먹는구나! 감탄하면서도 마음은 내내 이파
　리에 가 있었고, 결국 처음 가 본 댁에서 좀처럼 하지 않는
　부탁을 해서 잎을 몇 장 얻어 왔다.

몇 년이 지나는 동안 그 댁 마당에서 자라던 톱풀은 지인 댁 마당으로 옮겨 와 번성했다. 지리산에 갈 때마다 잎을 얻어 오다가 아예 한 뿌리 받아 키워야지 생각했지만 자꾸 까먹는 바람에 그냥 올 봄에 다른 씨앗과 함께 톱풀을 주문했다. 식물 판매 사이트에는, 도시에서 보기 힘든 톱풀 말고 조경용으로 많이 심는 서양톱풀을 주로 판매하기에 나름 세심하게 꽃과 잎 사진을 살피며 톱풀이 맞는지를 재차 확인했다.

아무리 식물을 대충 키우는 방치농(?)인 나라도 톱풀 씨앗은 불면 날아갈 것만 같아서, 화분도 따로 준비하고 흙이 마르지 않도록 물도 신경 써서 줬다. 나 치고는 매우 공들여 키운 터라 싹이 무사히 올라왔을 때 무척 반가웠다. 그리고 시간이 지나 싹이 훌쩍 자라고 잎을 낸 뒤에야 알았다. 그토록 살뜰히 키운 톱풀이 사실은 서양톱풀이었다는 걸! 어찌나 허탈하던지. 원하던 톱풀이 아니어서 그렇지 서양톱풀 잎도 예쁘긴 했다. 결국 톱풀은 나중에 지리산에서 얻어다 심었고, 서양톱풀은 잘 자라서 동네 지인들에게 조금씩 분양했다.

봄이 지나고 여름 무렵, 지인들의 SNS에는 밭에 내려온 멧돼지며 고라니 때문에 피해를 봤다는 게시물이 종종 올라왔다. 위로 댓글을 쓰는 것 말고는 할 수 있는 일이 없어 안타까워하던 차에, 우연히 서랍을 열었다가 그 속에 든 씨앗 봉투를 발견했다. 넣어 놓고는 까맣게 잊고 있던 서양톱풀이었다. 그리고 봄에 심을 때는 전혀 신경도 쓰지 않던 문구가 눈에 들어왔다. "밀원식물. 고라니가 기피" 아무래도 남은 씨앗은 시골에서 농사짓는 친구에게 보내 줘야 할 것 같다. 나는 이파리 몇 개면 충분하니.

사람도 고양이도 재우는

풀은 알면 알수록 약이 아닌 것이 없다. 약재로 알려지지 않은 풀은 아직 어디에 써야 좋은지 알아내지 못했을 뿐, 효능이 없는 건 아닐 거다. 서양에서 다양하게 쓰는 허브나 동양에서 말하는 한약재나 비슷한 개념이겠지.

커피 중독자가 되기 전에는 허브차를 좋아했다. 그중에 잠자기 전에 마시면 잠이 잘 온다는 Sleepytime이라는 차가 있었다. 몇 가지 허브를 섞어 만든 차로 상쾌한 박하 향과 달달한 향이 부드럽게 어우러졌다. 불면증에 시달리는 사람이 금방 잠들 만큼의 효과는 없었지만 마시면 조금 편안해졌다. 그렇게 잠에 들 수도 있을 듯했지만 내게는 카페인보다 더한 각성제가 있었으니, 바로 고양이. 거처만 옮겼을 뿐

길고양이 시절 생활 패턴을 버리지 못한 2년차 동거묘는 한밤중에 더욱 활발해졌다. 그러다 보니 허브차가 아니라 수면제를 먹어야 할 판이었다.

고양이 사료를 주문하려던 어느 날, 불안해하는 고양이를 진정시키고 잘 자게 해 준다는 자연 성분 간식을 발견하고 무릎을 탁 쳤다. 내가 마신 허브차 효력이 그리 강력하지 않았

설령쥐오줌풀

던 걸 망각한 채 또 헛된 희망을 품고 간식을 주문했다. 그런데 효과는 둘째 치고, 고양이는 간식을 입에 대지도 않았다. 고양이가 좋아하는 캣닢 가루를 듬뿍 묻혀서 줘 보기도 했지만 겉만 조금 핥는 척할 뿐이었다.

대체 뭐가 들었길래! 하는 마음에 성분표를 자세히 보다가 익숙한 이름을 발견했다. Valerian. 바로 잠자기 전 내가 마시던 차에 들어간 허브였다. 찾아보니 한국의 쥐오줌풀(Valeriana fauriei)과 유사종(설령쥐오줌풀 Valeriana officinalis)으로 이름처럼 독특한 냄새가 난다고 한다. 인동과에 속하는 쥐오줌풀은 꽃은 제법 예쁘지만, 냄새는 그렇지가 않은 모양이다.

쥐오줌풀을 주성분으로 한 약의 상품평을 보면 많은 사람이 냄새에 대한 불만을 토로했으며, 심지어 약 뚜껑을 열기 싫다는 사람도 있을 정도다. 그러니 예민하신 우리 고양이 선생이 그리 싫어했던 거겠지. 고양이에 비해 후각이 훨씬 덜 예민하고, 함께 섞인 다른 허브 향 덕분에 쥐오줌풀 냄새를 맡지 못한 나는 허브차를 잘만 마셨던 거고.

한밤의 공포 영화

산책하면서 마른 풀이나 잎을 주워 오는 버릇이 생겼다. 하지만 그날은 제비꽃이 예뻐서 옥상에서 한번 키워 볼까 하는 마음에 일부러 여문 열매를 따 왔다. 그리고는 열매를 플라스틱 양념 통에 넣어 두고 밤늦게까지 작업을 했다.

자정을 넘겼을 즈음, 어디선가 작게 따닥, 따닥 하는 소리가 났다. 둘러봐도 딱히 소리가 날 만한 곳은 없었다. 오래된 동네에 지은 지 30~40년은 넘은 집이기에 어떤 소리가 나도 이상할 건 없었다. 벽 속에는 벌레가 대대로 집을 짓고 사는 것 같았고, 밤이면 천장에서는 뭔가(십중팔구 서생원)가 왔다 갔다 하는 소리가 종종 들렸기 때문이다. 하지만 작고 간헐적인 이 따닥 따닥 소리는 처음 듣는 터라 여간 신경이

제비꽃

쓰이는 게 아니었다. 왠지 더 작업하다가는 못 볼 것과 마주칠 것만 같은 기분에 평소보다 이르게 잠자리에 들었다.

다음날, 아래층으로 내려오다가 갑자기 어떤 생각이 번개처럼 스쳐서 제비꽃 열매를 넣어 둔 플라스틱 양념 통을 열어 봤다. 아니나 다를까, 여문 열매에서 튀어나온 깨알 같은 씨앗들이 양념 통 바닥에 온통 흩어져 있었다. 그러니까 지난밤, 영문 모를 소리는 씨앗들이 밤새 양념 통에 갇힌 채 비비탄을 쏘아 대던 소리였다. 그제야 씨앗을 옥상 화분에 심어 줬지만 환경이 바뀐 탓인지, 싹은 하나도 나지 않았다. 그 뒤로 제비꽃 열매를 딴 적은 없고, 몇 년 후 이사를 했다. 그런데 지금 집에서도 가끔 한밤에 따닥, 따닥 하는 소리가 들릴 때가 있다.

꼭 먹어 봐야 아나?

공주 오일장에서 가죽나물을 처음 보고 사다가 무쳐 먹어 봤다. 원래 이름은 참죽나무이고, 나물로 먹는 부분은 참죽나무 순이지만 흔히 가죽나물이라고도 부른다. 진짜 가죽나무는 따로 있는데 말이다. 이렇게 같은 식물을 다르게 부르거나, 반대로 다른 식물을 같은 이름으로 부르는 일이 종종 있어서 식물을 잘 모르면 헷갈리고는 한다. 더구나 가죽나무와 참죽나무 순은 잘 모르는 내가 보기에 생긴 것도 꽤 닮았다.

가죽나무

처음 맛본 가죽나물은 향이 굉장히 특이해서 사람에 따라서는 역겹다고 느낄 수도 있을 정도였다. 나도 한 번 먹어 보고 잊고 있었는데 지리산 시골살이학교에서 가죽 부각으로 다시 만나게 됐다. 찹쌀을 입혀 말린 가죽 부각은 향이 조금 옅어져 훨씬 먹을 만했다.

나중에 서울에 와서 경복궁역 근처 버스 정류장에서 참죽나무를 발견했는데 귀한 산나물이 도시 버스 정류장에 있다니 놀라운 일이었다. 그리고 지난봄, 산길에 산책하러 갔다가 연둣빛에 붉은빛이 섞인 새순이 막 돋아나는 나무를 봤는데 꼭 참죽나무 같았다. 조금 의심스러운 점은 산비탈 여기저기에 지나치게 많았다는 거다.

도감에서 본 지식이나 인터넷 검색을 동원했지만 막 순이 돋아나는 나무를 구별하기는 쉽지 않았다. 둥근 모양과 심장 모양이라는 참죽나무와 가죽나무의 엽흔은 실제 나무와 비교해 봐도 어느 쪽이나 비슷비슷해 보였다. 가죽나무 잎의 특징이라는 아래쪽 톱니는 어린잎이라서인지 잘 보이지 않았고 선점 역시 잘 보이지 않았다.

날씨가 좋아 그랬는지 에라, 모르면 먹어 봐야지! 하며 새순을 하나 따 가지고 집에 와서 데쳐서 맛을 봤다. 한 잎 먹어 보니 역한 맛은 아니었지만(가죽나무 잎은 선점에서 나쁜 냄새가 난다고 한다), 참죽나무 순 특유의 향도 아니었다. 데친 잎 뒷면을 자세히 보니 선점이 아까보다 명확히 보였다. 역시 인왕산 비탈에 우후죽순 돋아난 그 잎은 도심의 길가나 공터에서 흔히 만나는 가죽나무였다.

나중에 알게 된 사실은 참죽나무는 주로 사람들이 심어서 키우고, 가죽나무는 심지 않아도 여기저기 잘 자란다는 거다. 버스 정류장 근처 참죽나무는 아마도 심어서 키운 것일 거다. 그리고 나름 둘을 구별하는 요령도 터득했다. 잎을 뻗는 모양은 비슷하지만, 참죽나무 잎은 가지 끝부분에 잎 두 장이 나란히 있고 가죽나무는 한 장이 있다.

먹을 수 있는 참죽나무도 좋지만 여기저기 잡초처럼 잘 자라는 가죽나무도 나는 좋다.

나물을 찾아서

요즘은 아이들도 나물을 그다지 좋아하지 않고, 만들기 번거
롭다는 이유로 밥상에서 점점 사라지고 있지만 도라지, 시
금치, 고사리, 콩나물, 취나물 같은 나물은 한국인의 가장
기본 반찬이다. 나는 줄곧 나물을 좋아해서 산으로 놀러 가
면 산채비빔밥을 먹고, 회사에 싸 가는 도시락 반찬으로 열
심히 만들기도 했다. 해가 지나면서 명아주나 비름, 자리공
(장녹), 깻잎순, 고춧잎, 호박잎에 곤드레나 뽕잎 같은 나물
도 해 보게 됐고 부지깽이, 미역취, 눈개승마 같은 흔치 않
은 나물도 알게 됐다.

모든 음식이 그렇지만 나물도 철이 중요하다. 겨울이 오기까지 잎이 계속 자라더라도 나물은 새순이 나온 지 얼마 안 됐을 때 따서 먹는 게 가장 맛있다. 공주 오일장에서 처음 사서 무쳐 먹고는 반한 깻잎순은 서울에서 사면 순이 아니라 줄기째 벤 깻잎일 때가 많다. 봄에 잠깐 먹을 수 있는 나물로는 두릅, 엄나무 순, 가죽나물, 냉이, 달래, 씀바귀가 있다.

머위도 어릴 때부터 먹던 봄나물이다. 봄이면 엄마가 시장에서 머위를 사 와 된장에 무쳐 주셨는데 그 쌉싸름한 맛이 내게는 봄맛으로 남아 있다. 머윗대도 먹지만, 손질하는 데에 만만치 않은 노동이 들어가는지라 자주 만나기는 힘들다.

밥상에서 나물로 만나는 식물은 자연에서 알아보지 못할 때가 많지만 머위는 넓게 펼쳐진 잎이 특징이라 그나마 밖에서도 쉽게 알아볼 수 있다. 땅에 심긴 머위를 처음 만난 건 홍릉에서였다. 수목원을 조성하면서 아담하게 꾸민 자생식물 정원 한 구석에 머위가 있었다. 잎이 도르르 말려 있었고, 꽃은 전혀 다른 식물처럼 보여서 깜짝 놀랐다. 그 이후, 창덕궁 담 아래에서도 머위를 봤다. 해마다 매화를 비롯한 봄꽃을 보러 가면 머위도 담을 따라 빼곡히 고개를 내밀고 있다. 언제부터 그리 군락을 이루었는지 모르지만 혹시 조선 시대 궁에 살던 사람들이 저 머위로 나물을 해 먹지는 않았을까?

창덕궁에서 머위를 발견한 해 늦가을, 우리 집 옆에 있는 공터에 머위 비슷하게 생긴 식물이 덩굴처럼 땅을 기면서 잔뜩 자라고 있었다. 정체가 뭔지 궁금해서 이리저리 찾아봤지만 알아내지 못하던 차에 내 궁금증을 대번에 해결해 준 건 책이 아니라 도서관 문화교실에서 같은 수업을 듣던 어르신이었다. 사진을 보시더니 당장에 접시꽃이라고 하셨다. 접시꽃은 하늘 높은 줄 모르고 위로만 뻗는 줄 알았는데 땅을 기기도 한다니. 역시 꾸준하게 관심을 갖고 관찰하지 않으면 자연에서 여러 모습으로 자라는 식물을 알아보기 어렵다.

얼마 전 휴일, 우리 동네로 놀러 온 듯한 커플이 잘 자란 접시꽃을 보고 "저기 무궁화 옆에서 사진 찍자!"라고 하는 걸 들었다. 접시꽃을 두고 머위랑 비슷하다고 여긴 나는 속으로 '그래, 충분히 그럴 수 있지'라며 혼자 끄덕였다. 머위면 어떻고 접시꽃이면 어떻고 무궁화면 어때. 함부로 캐 먹지만 않으면 되지.

뾰족뾰족 가시가 좋아

이상하게도 내가 좋아하는 나무는 대개 가시가 있다. 첫째는 탱자나무. 탱자나무는 제주도에 갔을 때 울타리처럼 심어 놓은 걸 많이 봤다. 짙은 녹색 가시도 멋지지만 탱자는 귤에 비교할 수 없이 향기롭다. "귤이 회수를 건너면 탱자가 된다"는 말 때문에 언뜻 탱자나무가 쓸모없이 여겨지지만 탱자나무는 울타리도 되고, 탱자는 한방에서 약재로도 쓴다. 하지만 아쉽게도 서울에서는 쉽게 볼 수가 없다.

둘째는 산책길에서 자주 만나는 산초나무다.

향신료로는 산초보다는 초피(제피)를 더 많이 쓰지만 나는 왠지 서울에서도 쉽게 볼 수 있는 산초나무가 좋다. 산초 장아찌를 맛있게 먹은 기억 때문이기도 하고, 잎이나 나무 모양이 예뻐서 그런 것 같기도 하다.

셋째는 음나무다. 공주 오일장에서 음나무 순(시장에서는 '엄나무'라고 더 많이 썼다)을 사 와서 장아찌도 담그고 전도 부쳤는데 쌉싸래한 맛이 내 취향이었다. 그 후로는 봄이면 한번씩 음나무 순을 사서 장아찌를 담근다. 그다지 요리를 즐겨 하지 않던 내가 한 번도 먹어 본 적이 없는 재료를 사다가 요리를 한 건 음나무 순이 처음이었다.

시장에서 산 음나무 순은 말 그대로 순만 따서 파는 거라 실

음나무

제 음나무는 어느 해 초봄에 재배 농가에서 처음 봤다. 아무 잎도 달리지 않은 막대기 같은 줄기가 꽤 살벌해 보이는 큰 가시로 온통 뒤덮여 있었다. 이상하게도 맨 위에 달린 순과 가시 모양이 내 눈에는 매력적이라 물었더니 음나무라고 했다. 나중에 그 근처에서 자연스럽게 자란 커다란 음나무도 봤는데, 와! 마치 공룡처럼 대단한 위용을 자랑했다.

내 눈에야 나무에 달린 가시가 마냥 멋져 보이지만 사실 가시는 식물이 스스로를 보호하고자 만들어 낸 거다. 그런데도 사람은 이에 아랑곳하지 않고 열매도 따 가고 순도 따 가고, 심지어 가시가 있는 나뭇가지도 가져다가 식재료(삼계탕에 말린 음나무 가지를 통으로 넣기도 한다)로 쓰니, 식물이 보기에 사람은 좀 얄미울 것 같다.

모르고 다 뽑아 버릴 뻔

뽕나무는 쓰임새가 많은 나무지만 도시 곳
곳에 틈만 있으면 자란다는 점에서 잡초
나 다름없다. 산과 가까운 곳은 물론이고
광화문 빌딩 사이에서도 5월 중순이 되면
바닥에 새카만 열매 오디를 떨어트리며
존재감을 드러낸다. 그리고 사람 발에 밟
히거나 새에게 먹혀 씨를 퍼트리고, 조금
이라도 흙이 있는 곳이면 새로운 싹을 틔
운다.

시골살이학교 농사 체험에서 뽕잎을 따서
말리는 일을 해 봤는데, 잎을 따는 뽕나무

는 오디가 열려서 익기 전에 연한 잎을 털어야 한다. 과수처럼 나지막한 뽕나무에서 잎을 모조리 훑어 자루에 담아 와, 좋지 않은 부분은 골라내고 펼쳐 말려서 나물로 한다. 더 어린 연한 잎은 차로 만들어 마시기도 한다. 오디는 물론 그냥 먹기도 하고 잼으로 만들고 술로도 빚는다. 버릴 곳 없이 쓸모 있는 나무다.

부여에 내려가 살며 『달밤책장』(부여 야시장에서 독립출판물을 소개한 이야기)을 쓴 지인은, 세 든 집에 오디가 너무 많이 달려 오디를 처리하려고 갖은 고생을 해서 잼을 만들었다고 한다. '오디지옥잼'이라 이름 붙인 잼은 맛있었지만 매년 불시에(?) 익어 떨어지는 오디를 감당하는 건 쉬운 일이 아니다.

우리 동네에서는 주변에 집이 생기며 예전에 심어 놓은 아름드리 은행나무의 쏟아

뽕나무

지는 열매를 어쩌지 못해, 불쌍하게도 열매가 맺히지 못하도록 나무 윗가지를 몽땅 잘라 버렸다. 나무보다 수명이 짧고 앞을 내다보지도 못하는 사람 탓이다. 적당한 때에 수고를 들여 수확하고 갈무리하지 못하면 아무리 좋은 과실수라도 잡초나 다를 바 없다.

뽕나무에 대해 찾다가 우연히 발견한 블로그에는 이런 이야기가 있었다. 미국에서 어떤 분이 뽕나무에 항암 성분이 있다고 해서 구해 심으려고 했는데, 알고 보니 정원 곳곳에 마구 자라서 다 뽑아 버리려고 했던 나무가 바로 뽕나무(Mulberry)였다는 거다. 모르고 다 뽑기 전에 한 번 더 알아볼 일이다.

푸른빛을 나누다

어린 시절 그림을 그리며 알던 색은 크레파스나 색연필에 표시된 빨강, 파랑, 노랑이었고, 자라면서 그 색은 인디고 블루(Indigo blue)나 로즈 매더(Rose madder), 연지(臙脂) 등으로 세분화됐지만 그 색이 어디서 오는지는 그다지 궁금하지 않았다(인디고 블루는 쪽, 로즈 매더는 꼭두서니과 식물, 연지는 연지벌레에서 나왔다). 그도 그럴 게 내가 다루는 색은 주로 컴퓨터 안에서 #2200FF 따위의 16진수로 표시되는 색으로 한정되어 있었기 때문이다.

하지만 천연 염색 수업을 다니시던 엄마가 비단과 명주에 물들인 치자, 감, 쪽, 홍화(잇꽃)를 보여 주시면서, 식물에서 얻은 색이 그렇게 다채롭다는 것을 알게 됐다. 엄마는 구청에서 빌려 주는 텃밭에 여러 가지 작물과 함께 쪽을 키우기도 하셨다. 어쩌다 주말에 잠깐 텃밭 일을 도우러 가서, 장인이 어렵게 옛날 염색법을 되살렸다고 하는 귀한 염료 식물, 쪽을 볼 수 있었다. 그리고 나중에 엄마가 재미 삼아 해 보라고 주신 쪽으로 의상 전공 친구와 함께 절구에 찧어 생쪽 염색도 해 봤다. 천은 옅은 하늘색으로 물들었지만 나무 공이는 깊은 바닷속처럼 짙은 푸른색으로 물들어 지금도 그대로이다.

이후 오랫동안 잊고 지내던 쪽을 의외로 가까운 곳에서 다시 만났다. 〈월간잡초〉의 인연으로 알게 된 작가들이 우연히도 미국과 동네 텃밭에서 모두 쪽 농사를 짓고 있었던 거다. 그리고 동네에서 이루어진 대대적인 쪽 나눔의 전달자로 나도 한 줄기를 얻었다. 심을 만한 곳이 없어 물병에 꽂아 둔 쪽은 꽃은 시들었지만 왕성하게 뿌리를 내리기 시작했다. 늦가을이 되면서 어찌할까 고민하다 대문 앞 가장 큰 화분에 대충 옮겨 심었다. 겨울이 오면서 쪽은 시들었고 점점 잊혀 갔다.

이듬해, 역시 쪽을 나눠 받은 동네 작가가 서양톱풀이 잘 자

쪽

랐다느니 하는 이야기를 하다 갑자기 달개비와 나팔꽃 뒤로 씩씩하게 줄기를 뻗고 있는 쪽을 발견했다. 이전 해에 주로 나팔꽃과 새깃유홍초가 번성했던 우리 집 화분의 새로운 주인은 쪽이었다.

나는 즉시 카톡으로 쪽의 귀환 소식을 알렸고, 이웃 동네로 분양 예약이 성사됐다. 집 공사 때문에 그나마 게으르게 하던 화분 농사도 거의 접은 셈이었는데, 나와 달리 부지런한 쪽은 묵묵히 제 할 일을 하고 있었다. 까마득한 옛날부터 푸른빛을 내는 염료에 매료된 사람들의 손을 빌려 세계 곳곳에 퍼진 쪽이 드디어는 서촌 어느 골목 대문 앞 화분에까지 자리 잡도록 말이다.

우리 곁의 식물

술로 먼저 만난 열매

꽤 오랫동안 술에 별 관심이 없었다. 가장 큰 이유는 별맛을 느끼지 못해서여서 술을 마셔야 할 때는 달달하고 도수 낮은 술을 선호했다. 대학원 과에서 주최하는 모임에서는 산사춘을 주로 마셨는데 취향에 잘 맞았다. 많은 사람이 산사나무라는 이름보다 산사 열매가 들어 있다는 이 술의 이름에 더 익숙할 거다. 내가 산사나무를 알아본 것도 이 술 덕분이었다.

어느 가을날 늦은 오후, 인왕산을 소풍하듯 슬슬 올라가고 있는데 꽤 큼지막하고 붉은 열매가 많이 달린 나무가 눈에 띄었다. 호기심에 발걸음을 멈추고 보니 땅바닥에도 열매가 많이 떨어져 있어 몇 개를 주웠다. 예쁜 빨간색에 꼭 장미 열매처럼 생긴 열매를 들여다보고 있자니 등산객 두 명이 지나가며 나누는 이야기 소리가 들렸다. "저게 산사잖아.

그 산사춘에 들어가는" 아하! 그럼 이 열매들을 주워서 소주에 담가 놓으면 비슷한 맛이 나려나 싶었지만 술에 그렇게까지 진심은 아닌 사람이라 예쁜 열매를 주운 것으로 만족했다.

그 후로 창경궁이나 인왕산 다른 곳에서도 여러 차례 산사나무와 마주쳤다. 열매가 없을 때도 산사나무의 잎 모양이 독특하고 예뻐서 쉽게 알아봤다. 언젠가는 오솔길에 있는 산사나무 잎에 매미가 단체로 허물을 벗어 놓고 간 것을 발견하기도 했다.

산사나무의 영어 이름은 Chinese hawthorn이며, hawthorn은 허브차 중에서 숙면을 돕는 차에 들어가는 식물이기도 하다. 산사나무 열매에 진정 작용을 하는 성분이 있기 때문인 것 같다. 또, 소화를 돕는 성분도 있는데 아마 그래서 술에도 넣지 않았을까? 요즘 우리나라 길거리에서도 흔히 보이는 중국 간식 빙탕후루(탕후루)도 원래는 산사나무 열매로 만들었다고 한다. 언뜻 잘 모르는 것 같은 식물도 알고 보면 이렇게 우리 일상에 자연스럽게 녹아들어 있다.

동네를 떠도는 국산 허브

어쩌다 산 아래 번화가로 이사를 했더니, 몇 년도 안 되는 사이 차도 들어오기 힘든 골목길에 보도블록을 뒤집고 다시 까는 공사를 몇 번이나 겪었다. 한옥이 군데군데 섞인 단독 주택 골목 여기저기에 자리 잡은 잡초는 그때마다 밀려났지만 시간이 지나면 어느새 다시 자라났다. 그 자리에서 가게라도 차린 양 봄이면 같은 자리에서 개업하는 잡초도 있지만, 해마다 조금씩 다른 잡초가 자라 텃밭을 가꾸는 것 못지않게 다양한 풀이 골목 틈마다 자라났다. 그중에 방아도 있었다.

방아 잎은 민트나 로즈메리, 라벤더 같은 서양 허브 못지않게 향이 있어 한번 키워 보고 싶은 식물이었다(방아의 정식

국명은 배초향이며, 방아풀이라고 부르는 *Isodon japonicus*와는 다른 식물이다). 남쪽 지방에서는 방아를 장어 같은 생선과 함께 먹는다고 해서 찾아보니 산초처럼 된장찌개에 넣기도 하는 훌륭한 국산 향신료였다. 하긴 방아의 영어 이름이 Korean mint이니. 불현듯 봄이면 가끔 돈 주고 샀다가 사무실이나 빛을 받지 못하는 실내에서 비실비실하다 제 명을 못 살고 갔던 서양 민트들이 생각났다. 이렇게 잡초처럼 자라는 허브가 있건만!

키워 보고 싶었던 방아를 뒷골목 어느 집 앞에서 발견하고 신기하게 여기며 어떻게 데려갈 수 없을까 궁리해 봤지만 돌 틈에서 파낼 수는 없었다. 기회주의적 잡초 시식자로서 특기를 살려 한 잎 따다 먹어 보려고도 했지만 그곳은 사람들이 지나다니며 담배꽁초를 버리고 침을 뱉고 가기도 하는 곳이라 아무리 나라도 영 찜찜했다. 이 좋은 먹거리(?)를 그냥 두기는 아까워서 씨가 맺힐 즈음 다시 와 보려 했지만 어쩌다 갑자기 바빠졌고, 정신을 차리고서 그곳에 갔을 때는 아무것도 남아 있지 않았다.

이후에도 멀지 않은 산자락에서 방아를 몇 번 봐서 반가웠는데, 올해는 다시 그 집 벽 틈에서도 발견했다. 누가 식물을 움직일 수 없다 했던가. 느리긴 하지만 이렇게 꾸준히 여기저기 옮겨 다니는 것을!

내년에 거기서 봐

언젠가부터 시골이나 도시, 산이나 길가 어디서든 눈에 들어
오는 풀이 있다. 지칭개다. 얼핏 엉겅퀴와 닮은 듯하지만 그
보다는 덜 억세게 생겼고, 연보랏빛 꽃은 꼭 덜 핀 민들레
같기도 하다. 봄에 돋아날 때는 다른 로제트 식물과도 구별
하기가 어렵다.

내가 지칭개를 좋아하게 된 건 오뉴월에 벌써 꽃을 피우고 솜
털 씨앗을 모두 날려 버린 뒤 왕관처럼 남는 꽃받침 때문이
다. 햇빛을 받으면 옅은 금빛으로 반짝거리는 꽃받침이 수
수한 꽃보다 더 예뻐 보인다. 한번 눈에 띈 지칭개는 도자기
를 구우러 갔던 일산의 한적한 도랑 옆에서도, 산길에서도,
심지어 동네 카페 문 앞에서도 자꾸 눈에 들어왔다. 다 자라

지칭개

면 키가 꽤 큰 지칭개는 마치 카페에서 심은 것 마냥 문 앞을 장식하고 있어 가히 '웰컴 잡초'라고 불릴 만했다.

어느 날, 집 뒤쪽 골목을 지나다가 모퉁이 집 담벼락 밑에서 지칭개 로제트를 발견했다. 아직 3월도 되지 않은 때였는데 부지런히도 자라고 있었다. 벽과 포장된 길 사이에서 얼마나 자랄까 싶었는데 5월에 보니 훌륭하게 자라서 꽃을 피웠다. 겨울이 오자 지칭개는 말라 버렸고 이후에는 누가 정리했는지 감쪽같이 사라졌다.

이듬해 이른 봄, 놀랍게도 지난해와 같은 자리에서 또 지칭개 로제트를 발견했다. 착실하게 한해살이를 끝내고 사라졌다가 그다음 해에 다시 나타나기를 거듭하면서 지칭개는 점점 크게 자랐다. 주변에 다른 풀도 없고, 흰 벽을 배경으로 쑥쑥 자라며 존재감을 과시했다. 7월만 해도 내 키만큼 크던 지칭개는 어느 날 보니 또 흔적도 없이 사라져 흰 벽만 휑하게 남아 있었다. 하지만 내년이면 언제 사라졌냐는 듯 그 자리에서 다시 자라나겠지.

기어가다 만난 풀

산동네가 고향이고 산을 좋아하긴 하지만 어디 가서 등산이
　취미라고 하기에는 정상까지 가겠다는 의지가 별로 없다.
　돌이켜 보면 나에게 산은, 못 보던 식물을 발견하거나 돌 틈
　에 있는 도마뱀에 한참 한눈을 팔거나 길에 떨어진 다래를
　주워 먹거나 하는 재미로 다니는 곳이었다. 회사를 다니는
　동안에는 지쳐서 그나마도 거의 다니지 않았다.
이런 까닭에 지리산 인연인 지인들과 1년에 한 번 천왕봉에
　오르는 모임이 생겼을 때 반갑기는 했지만 몸이 영 따라 주
　지 않았다. 앞서서 날아가는 친구들이 중간중간 쉬면서 기
　다려 줬지만 꼴찌를 면할 도리가 없었다. 그 와중에도 나는
　사진을 찍거나 무늬가 예쁜 나뭇가지를 발견하면 멈춰 섰

꽃
황
새
냉
이

　기에 선두와 간격은 더욱 벌어졌다.

　사람이 복작이는 단풍 시즌을 피해 간 11월 산은 어쩌다 단풍

이 조금 남은 나무 외에는 잎이 지고 풀도 말라서 썰렁했다.

　빠른 일행이 먼저 장터목 대피소에 도착해 물을 끓이는 동

안 해는 서서히 넘어갔다. 나는 대피소 직전 가파른 돌계단

을 마지막 힘을 쥐어짜며 거의 바닥에 붙어 기어가듯 올라가는데, 돌계단 옆으로 푸릇푸릇 돋아난 풀잎이 보였다. 다른 풀은 다 시들한 계절에 말이다. 잎은 토끼풀처럼 세 갈래로 갈라지고 뭉툭한 톱니가 있으며 바닥에 잔뜩 붙어 있었다. 기운이 없는 와중에도 신기하게 여기며 열심히 사진을 찍었다.

다음 해 이른 봄, 집 근처 산을 산책하다가 마른 나뭇잎 사이 여기저기에서 돋아나는 풀이 눈에 띄었다. 동글동글한 잎이 양옆으로 구슬처럼 달린 냉이 종류로, 찾아보니 황새냉이였다. 책에서 냉이 종류를 더 찾아보니 내가 좋아하는 콩다닥냉이도 있었고, 지리산 깔딱고개에서 봤던 그 풀도 있었다. 이름은 꽃황새냉이. 국도 끓여 먹고 나물로도 무쳐 먹는 냉이 종류라고 하니 괜히 더 반가웠다. 대피소 가는 그 길을 깔딱고개가 아니라 꽃황새냉이 고개라고 불러야겠다.

너도 꽃이었네

당근꽃

우엉을 힘들게 채 썰어 한가득 조림을 만들다 불현듯 이런 생각이 들었다. '토막으로 팔리는 우엉 뿌리 말고 우엉이라는 식물에 대해 나는 뭘 알고 있지?' 우엉을 식량으로만 생각했지 어떻게 자라서 식탁에 오르는지에 대해서는 전혀 몰랐기 때문이다.

나는 요리를 즐기지 않는 도시인이라 작은 냉장고를 두고, 될 수 있으면 먹을 것을 쌓아 놓지 않도록 노력한다. 하지만 식물은 나보다 부지런해서 감자는 툭하면 싹이 나고, 웬만하면 오래가는 당근조차 냉장고 채소 칸에서 자란다. 몇 해 전, 버리기 미안할 정도로 자란 당근은 화분 구석에 심어 두고 잊어버린 사이에 쑥쑥 자라 꽃까지 피웠다. 공유지 텃밭에서 다른 분이 키우던 당근 잎을 하나 얻었을 때도 참 예쁘게 생겼다고 생각했는데, 방사형으로 퍼진 줄기에 작게 달린 꽃들이 둥글게 모여 하늘하늘하는 모습은 과연 자랑할 만한 미모였다. 아무래도 버리기가 미안해 화분에다 심었다.

당근 꽃을 보고 있자니 예전에 연립에 살던 시절이 생각났다. 처음 널찍한 베란다가 생겨 상추며 치커리며 루꼴라 같은 채소를 이것저것 심었고, 조금씩 뜯어 먹는 재미가 쏠쏠했다. 그러다 날이 더워지면서 다들 키가 쑥 커지더니 잠시 돌보지 못한 사이에 꽃대가 올라와 버렸다. 그러더니 치커리에서 처음 보는 예쁜 보라색 꽃이 피는 게 아닌가! 보라색 들국화 같기도 하고 씀바귀 꽃과도 닮았는데 무엇보다 색이 고왔다. 그날로 치커리는 식량에서 관상용으로 보직 변경됐다.

좁은 화분에 세 개쯤 핀 당근 꽃은 그때 전시를 하던 지인에게 축하 꽃으로 선물되며 본격 화초로 데뷔했다. 봄에 어찌할 바를 모른 채 냉장고에 넣어 둔 당근이 있다면 한번 화분에 심어 보는 것도 좋겠다.

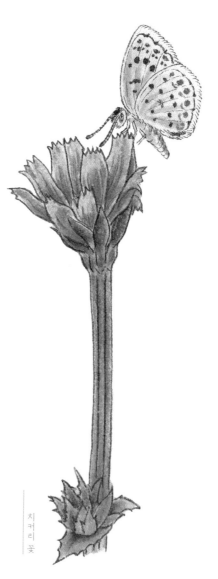

치
커
리
꽃

갈등을 요리하다

칡만큼 쓸모가 있는데도 미움을 받는 식물도 없는 것 같다. 칡즙은 건강 음료로, 칡냉면은 별미로 즐기지만 어느 곳에나 있는 칡덩굴은 골칫거리로 여긴다. 그런데 산에서 칡덩굴을 먹거리로 삼게 될 줄이야.

시골살이학교 프로그램에서 있었던 일이다. 몇 팀으로 나눠 차등을 둔 예산으로 식사를 준비하는 이벤트를 했다. 우리 팀은 가위바위보에 져서 얼마 안 되는 돈으로 겨우 식용유와 튀김가루를 샀다. 다행스럽게도 팀에 요리의 달인이 있어 그분의 지시에 따라 몇 명은 마당에서 샐러드용 풀을 뜯고, 나머지는 산에서 칡을 찾아 연한 순을 잔뜩 땄다. 통통한 칡 순은 부드러운 솜털에 덮여 있고, 금색으로 반짝인다.

자루가 꽤 묵직해질 만큼 따 온 칡 순을 깨끗하게 씻어 튀김 옷을 입히고 기름에 튀겨 낸 다음, 샐러드와 곁들이니 푸짐한 요리가 됐다. 칡 순 튀김은 그동안 먹어 본 튀김 중에서도 결코 맛이 뒤떨어지지 않았다.

얼마 전, 인왕산 도로 옆길을 걷다가 요즘 칡을 별로 못 본 것 같다는 생각을 하며 무심코 옆을 봤는데 공교롭게도 나무 두세 그루가 칡덩굴에 칭칭 감겨 완전히 잠식되어 있었다. 하긴 내가 산에 가지 않은 탓이지 칡이 산에 없을 리 있나.

'갈등(葛藤)'은 좋은 먹거리가 되는 칡과 아름다운 꽃그늘을 만들어 주는 등나무가 풀어낼 도리 없이 얽힌 것에서 온 말이다. 우리 집 화분에도 어쩌다 자리 잡은 미국나팔꽃이 가

스 배관을 감고 올라가며 주변에 있던 새깃유홍초와 쪽까
지 한데 엉켜 버렸지만 그런대로 서로 어울려 자라고 있다.
사람이 말하는 '갈등'은 오히려 자연을 사람이 편한 쪽으로
만 바꾸려고 할 때 일어나는 게 아닐까.

월든과 한강 사이

꽤 오래전 겨울 즈음, 동생 일로 보스턴 근교에 갈 기회가 있었다. 외출했다가 꽤 멀리 떨어진 버스 정류장에서부터 집으로 걸어오는 길에 잎이 다 떨어져 앙상한 가지 끝에 달린 마른 열매를 발견했다. 반쯤 벌어진 길쭉한 열매 사이로 긴 명주실 같은 반짝이는 털을 단 씨앗들이 쏟아져 나오려 했다. 실오라기를 살짝 당겨 공중에 놓아 보니 우아하게 바람을 타고 날아갔다.

나중에 읽은 소로의 책 『씨앗의 희망』에서 정교한 그림을 보고 그 열매가 박주가리라는 것을 알았다. 명주실 같은 털을 모아 침구를 채웠다는 이야기도 있다. 우연히도 열매를 발견한 곳은 소로가 책을 썼던 월든 호수와 가까운 동네이기

도 하다.

몇 년 뒤, 지리산의 지인 댁 근처에서 지붕 위에 엉켜 있는 덩굴 식물을 발견했다. 잎이 또렷한 하트 모양이어서 눈길이 갔다. 다른 계절에 몇 번이나 오갔는데 솜털 같은 꽃은 봤어도 열매는 한 번도 보지 못했다. 궁금해서 찾아보니 박주가리였다.

이름을 알고 나니 서울에서도 눈에 곧잘 띄었다. 우체국 가는 길, 통의동 울타리 친 빈터에서 이리저리 감고 올라가는 박주가리 덩굴이 보였다. 그러다 여의도 한강변에서 드디어 막 열린 녹색 열매를 발견했다. 계절마다 부지런히 달라지는 풀을 띄엄띄엄 보다 보니, 미국에서 본 열매의 정체를 아는 데에 몇 년이나 걸렸구나 싶었다.

한참 동안 그렇게 미국에서 본 열매가 지리산과 한강에서 본 박주가리라고 생각했지만 자료를 더 찾다 보니 둘은 같은 종이 아니었다! 한국 박주가리와 미국 박주가리는 모두 박주가리아과(Asclepiadoideae)에 속하지만 학명이 달랐다. 한국에서 내가 본 박주가리(*Metaplexis japonica*)는 아시아 지역에 분포하며 미국에서는 자라지 않는다. 미국에서 본 박주

가리는 Common milkweed, Virginia silkweed라고 불리는
*Asclepias syriaca*였다.

게다가 이 박주가리(*Asclepias syriaca*)는 덩굴 식물도 아니고 꽃
과 잎 모양도 전혀 다르다. 공통점이라면 동서양 모두 씨
앗에 달린 털을 솜 대신 썼다는 것인데 크기에 어울리게(미
국 박주가리 열매가 훨씬 크다) 서양에서는 이불에 넣고 한국에
서는 옷이나 도장밥으로 썼다고 한다. 미국에서는 열매만

봤기에 이름만 가지고 반가운 마음에 둘을 같은 식물이라고 착각했던 거다. 시간을 거슬러 올라가면 뿌리는 같을 테지만, 이미 오랜 시간 제 갈 길을 걸어온 다른 식물인데 말이다.

안나푸르나에서
독풀로 나물을?

안나푸르나 지역을 여행하면서 그 동
네 사람들이 어떤 식물을 머리에 지
는 망태기에 가득 따다가 펼쳐 말리
는 모습을 꽤 자주 봤다. 그 풍경은
우리나라 시골에서 햇볕에 나물을
널어놓고 다듬는 것과 다를 바 없었
지만, 딱 한 가지가 마음에 걸렸다.
그 풀이 아무리 봐도 독성이 강한 천
남성과 똑 닮았다는 것이었다.
그 동네를 여행하면서 현지 스타일 토스
트나 볶음면에 싫증이 나면 한번씩 달

밧을 먹었다. 향이 강하지도 않고 나물 반찬을 곁들인 밥과 비슷해서 꽤 먹을 만했는데, 혹시 그때 함께 나온 나물이 천남성이었을까? 걱정스러웠다기보다는 정말 천남성인지 아닌지가 궁금했는데, 내가 네팔어를 아는 것도 아니고 같이 다니던 가이드와도 영어로 겨우 의사소통을 했기에 자세히 물어볼 수가 없었다. 밥을 먹고 탈이 난 적은 없으니 내가 아는 천남성과는 다른 식물인 것으로 잠정 결론을 내렸다.

그러다 얼마 전 문득 그때 일이 떠올라 인터넷을 뒤져 봤다. 인터넷에는 진위를 알 수 없는 온갖 정보가 떠돌기도 하지만, 여기저기를 뒤지다 보니 오랜 궁금증을 어느 정도 풀 수는 있었다.

작가이자 사진가인 Kaj Halberg에 따르면 *Arisaema utile*이라는 식물은 안나푸르나 지역에서 고사리, 버섯 종류와 함께 흔히 말려서 먹는 음식이다. 발효시켜 말리거나 삶아서 말린다. 천남성속(*Arisaema*)에 속하는 이 식물은 티베트, 윈난성, 네팔, 부탄 같은 히말라야 지역에 자생하며, 약하지만 독성이 있기는 하다.

토란을 비롯한 일부 천남성 종류를 먹으면 혀를 바늘로 찌

천남성과 나물 (*Arisaema utile*)

르는 것 같은 증상을 느낀다. 이는 식물이 유독 성분인 옥살산칼슘을 바늘 모양 결정으로 저장하기 때문이다(적은 양이지만 시금치, 마, 키위, 괭이밥에도 이 성분이 있다). 하지만 완전히 말리거나 물에 끓이는 등 열을 가하면 독성이 사라져 괜찮다고 한다.

생각해 보면 우리도 독성이 있다는 자리공, 아주까리를 먹는다. 일본에서는 독성이 있는 마로니에 열매도 조리해서 먹는다. 싱거운 결론이지만 정말 식물은 쓰기에 따라 독이 될 수도, 약이 될 수도, 먹거리가 될 수도 있다.

우리나라에서 자라는 천남성의 학명은 *Arisaema amurense var. serratum*이며 한국과 중국에서 볼 수 있다. 네팔에서 본 *Arisaema utile*와는 다른 종이지만 생김새는 비슷한 것 같다. 천남성 종류는 생각보다 많아서 흔히 먹는 토란 외에도 몬스테라나 스킨답서스 같은 원예 식물도 포함된다. 몬스테라는 모르겠지만 스킨답서스는 고양이나 개가 먹으면 안 된다고 한다.

주간 고양이

우 리 곁 의 동 물

창밖의 익룡

부모님에게서 독립해 처음 살았던 집은 한옥이 많은 동네의 막다른 골목 끝에 있었다. 아침이면 햇빛이 강렬하게 쏟아져 들어오는 동향집이었다. 작은 욕실에는 아주 작은 창문이 있었고, 그 너머로 몇 백평은 될 듯한 윗집이 있었지만 울창한 나무에 가려 보이지 않았다.

욕실에 들어서면 때때로 어떤 생명체가 끼익, 끼익 하고 울어대는 소리가 창문으로 들려왔다. 정체가 무엇인지 궁금했지만 모습은 보이지 않았다. 어떤 날은 옥상에 올라가 윗집쪽을 바라봤지만 마당 저 너머로 백구 두 마리가 나타나 짖기만 할 뿐, 괴성의 주인공은 보이지 않았다. 그 집에 사는 동안은 대부분 시간을 회사에서 보내고 집에서는 거의 잠

직박구리

만 잔 정도라 결국 궁금증을 풀지 못하고 이사를 했다. 하지만 마치 익룡 같기도 한 찢어지는 울음소리는 기억에 남았다.

소리의 정체를 안 건 꽤나 세월이 지난 뒤였다. 주인공은 바로 윈도용 압축 프로그램의 자동 폴더 이름으로도 유명한 직박구리였다(직박구리는 이런 식으로 유명세를 얻을 줄은 몰랐겠지만). 소리가 너무 기괴해서 설마 새라고는 짐작도 하지 못했었다. 그런데 막상 새가 아니라면 딱히 떠오르는 동물도 없다.

직박구리와 처음 대면하고 받은 인상은 '수수하다'였다. 참새보다는 꽤 크고 까치보다는 작으며, 뺨에 약간 붉은빛이 도는 잿빛 새. 요란한 소리와는 딴판이다. 요란한 소리와 닮은 건 먹성인데 만날 때마다 직박구리는 열심히 다양한 열매를 먹고 있었다. 정체를 알고 나니 신비감은 사라졌지만, 가끔씩 생각하곤 한다. 직박구리, 울지만 않으면 꽤 예쁜데 말이야.

그래서 범인은 누구?

십 년간 살던 집을 떠나 이사 간 집은 마을버스 종점 산꼭대기에 있었다. 마을버스가 끊기면 지하철역에서 20분도 넘게 걸어야 하고, 마을버스에 내려서도 계단을 한참 올라가야 닿는 연립의 꼭대기 동이었다. 계단을 다 오르지 못하고 중간에 한 번은 쉬어야 할 만큼 가파른 곳에 있었지만, 창 너머가 바로 산이라 공기가 좋았고 집 옆에 산책로가 딸린 공원이 있어 늦은 시간에도 부담 없이 내 집 마당처럼 거닐 수 있었다.

때는 여름. 집에 에어컨이 없어서 창문을 열어 놓고 살았다. 한밤중에는, 이따금 야자를 끝낸 고3 아이들이 동네 정자에 앉아 제 세상 만난 듯 떠들어 대거나 연립 앞 동에 사는 부자가 라면을 끓이며 티격태격하는 날 말고는 쥐 죽은 듯 고요했다. 그날도 밤이 깊어지자 사방이 조용해졌고 나도 불을 끄고 누워 잠을 청하려는데 어디선가 새된 소리가 들려왔다.

마치 녹슨 그네가 끼익 거리는 소리 같기도 하고 플루트 같은 관악기의 높은 음 같기도 했다. 장3도 정도 차이가 나는 두 음이 한밤의 정적을 깨고 구슬프게도, 오싹하게도 울려 퍼졌다. 우리 연립에서 나는 소리라고 하기에는 꽤 거리가 있었기에 처음에는 근처 군부대를 의심했다. 마침 며칠 전 주변을 산책하다 한밤의 오페라(?)를 연습하는 군인 목소리를 듣기도 한 참이었다. 하지만 대체 이 단조로운 멜로디는 무엇일까? 물론 오케스트라의 구성원 한 명이 잘 안 되는 소절 하나를 죽어라 연습한다면 그럴 수도 있겠지만 그런 것치고는 시간이나 장소가 뜬금이 없었다.

처음에는 그저 궁금했지만 잠을 자려니 슬슬 짜증이 나기 시작했다. 이 시간에 악기 연습이라니 아무리 산속이지만 집이 있는데 너무한 것 아닌가? 소리는 한참씩 간격을 두고 반복됐고, 신기하게 들려오는 위치도 조금씩 달라지는 것 같았다. 잠시 후, 무전 소리와 함께 순찰차가 나타났다. 한밤중에 동네에서 드라마를 촬영할 때도 신고하는 사람이 없더니 이 소리는 참을 수 없었는지 누군가 신고를 한 거다. 출동한 경찰 분이 주변을 한참 왔다 갔다 했지만 결국 범인을 찾지 못하고 돌아갔다. 그리고 한참 뒤 약이라도 올리듯 또 다시 그 날카로운 소리가 들려왔다.

몇 년 뒤, 가로등조차 없는 지리산 산속 마을에서 묵었을 때였다. 밤이면 발밑도 보이지 않을 만큼 캄캄해지는 곳이라 별이 쏟아질 것처럼 많이 보였다. 별도 볼 겸 친구들과 밖으로 나왔는데, 그 이상한 소리가 들렸다. 역시나 오싹하게 울려 퍼지는 소리에 조금 무서웠지만, 다시 들으니 어쩌면 새 소리일 수도 있겠다는 생각이 들었다.

기억을 바탕으로 갖가지 단어를 조합해 거듭 검색한 결과, 소리의 주인공을 찾았다. 바로 호랑지빠귀였다. 무덤새라고도 불린다고 하니 나만 오싹하다고 느낀 게 아니었나 보다. 그나저나 그때 출동했던 경찰 분은 범인이 새라는 걸 아직도 모르시겠지?

호랑지빠귀

인왕산에도 살아요

인왕산은 우리 집에서 가장 가까운 산이지만 정상까지 한 시
간도 안 걸리고, 도시에 포위되어 올라가도 산에 온 기분이
안 난다는 이유로 내심 꽤 무시했었다. 그래서 인왕산에서
처음으로 나무 쪼는 소리를 들었을 때 귀를 의심했다. 에이,
설마. 인왕산에 딱다구리가 있으려고! '새알못'이던 내게
딱다구리는 울창한 삼림에서는 볼 수 있는 희귀한 새라고
생각됐기 때문이다. 그러나 인왕산에 정말 딱다구리가 있
는 것을 지난겨울에 눈으로 확인했다. 하양과 검정이 알록
달록하게 섞인 줄무늬 날개에 아랫배가 빨간, 눈에 띄는 오
색딱다구리였다.

자주 모습을 드러내는 까치, 까마귀, 비둘기나 참새는 모습도

소리도 잘 알고 있지만, 수풀이나 높은 나무에 숨어 다니는 새는 소리만 들을 뿐 어떤 새인지 알기 어렵다. 산 밑의 학교에 다닐 때 소리는 자주 들었지만 본 적은 없는 뻐꾸기, 산이 가까운 곳에 여행 가면 멀리 소리만 들리던 소쩍새가 그렇다(최근 한밤의 인왕산에서도 소쩍새 소리를 들은 적이 있다!). 반대로 본 적은 있지만 어떤 소리를 내는지 모르는 새도 많다. 오색딱다구리도 나무 쪼는 소리를 듣고 찾아본 것이지 울음소리만 들었다면 모르고 지나쳤을 거다. 들어보니 신기하게도 나무 쪼는 소리와 우는 소리가 거의 같이 들렸다. 마치 고양이가 야옹거리며 골골하는 소리를 내는 것처럼.

호랑이가 살던 시절의 위용은 없지만 알고 보면 인왕산에도 내가 다 만나지 못한 다양한 주민이 살고 있다. 소리만 가끔 듣다 어느 날 모습을 드러낸 꿩, 경찰을 출동시킨 호랑지빠귀 외에 또 어떤 생물을 만나게 될지 산책이 기대된다.

오색딱다구리

옥상의 감 누가 먹었어?

우리 이웃집은 도시에서는 꽤 큰 집이다. 어떤 기준으로 심었
는지는 모르겠지만 그 집에는 큰 나무가 제법 많다. 안쪽에
는 5층 정도 높이로 자란 메타세쿼이아가 있다. 그런데 메
타세쿼이아 씨앗이 바람에 날아와 우리 집 옥상 텃밭 화분
에 자리 잡아 여기저기에 나무 새싹이 자라는 진풍경이 벌
어지기도 했다.

좁은 골목과 맞닿은 담장 안쪽으로는 목련나무 외에도 감나
무, 살구나무, 모과나무 같은 과실수가 빽빽하다. 이미 집주
인도 어쩔 수 없을 정도로 높이 자란 탓에 가지가 골목을 건
너 우리 집으로까지 뻗어 왔다.

모과나무에서는 가끔 어린아이 머리만 한 모과가 3~4미터

높이에서 떨어지는데 그 소리가 꽤 커서 놀랄 정도다. 하지만 진정한 골칫거리는 감나무다. 잘 익은 홍시가 떨어지는 가을이면 파리들 잔칫상이 벌어진다. 골목에 떨어지면 길이 엉망이 되고 끈적끈적해 청소하기도 어렵다. 우리 집도 이 감나무의 사정권에 있는지라 지붕과 옥상이 안전하지가 않다.

어느 날 보니 누가 올려놓기라도 한 듯 옥상에 홍시 하나가 얹혀 있었다(사실은 떨어진 거겠지만). 새가 먹으라고 그대로 두었는데, 어쩐 일인지 고양이 사료까지 훔쳐 먹는 까치도, 먹성 좋은 직박구리도 홍시를 건드리지 않았다. 그렇게 홍시는 옥상에서 한참을 더 익어 갔다.

얼마 후, 지붕에서 무언가가 뛰어가는 소리가 났다. 오래된 동네, 그것도 주택에 살다 보면 그런 경험은 새롭지 않다. 밤중에 쥐들이 백 미터 달리기를 할 때 날 법한 소리를 들은 적도 있고. 게다가 이번 집은 다락방이 있는지라 지붕 소리가 더 잘 들린다. 비가 오면 빗방울 소리도 꽤 요란하고, 나뭇잎이나 목련 열매처럼 크지 않은 열매가 떨어져도 제법 시끄럽다.

옥상에 자리를 잡았던 엄마 고양이들의 새끼들이 어느 정도 자랐을 때는 녀석들이 지붕을 넘어 다니는 소리도 자주 들렸다(그나마 다행스러운 건 지형이 적절하지 않아서인지 수컷 고양이들의 전투는 일어나지 않았다). 그렇지만 그때는 새끼 고양이들이 지붕을 넘어 다니는 철이 아니었고, 소리도 고양이보다는 살짝 가벼운 것 같았다.

호기심에 옥상으로 나와 지붕을 두리번거리는데 지붕 건너편 끄트머리에 앉아 있던 생물이 나를 돌아봤다. 녀석의 눈이 번쩍였고, 이내 사라졌다. 어두워서 잘 보이지는 않았지만 고양이보다는 확실히 작았고 길쭉하니 몸을 세우고 있었다. 내가 떠올릴 수 있는 범위에서 가장 비슷한 동물은 족제비였다. 하지만 서울 사대문 안에서 족제비라니. 다음 날 아침에 보니 지붕 건너편에 있던 홍시는 다 파먹인 채 감꼭지만 남아 있었다. 과연 녀석은 족제비였고, 옥상의 감을 먹으러 왔을까?

그 다음 해에 족제비 가설(?)을 뒷받침할 만한 경험을 또 했다. 밥 먹듯 외출하고, 3주간 장기 출타도 서슴지 않던 나의 동거묘를 찾으러 자정이 가까운 시간에 동네를 한 바퀴 돌

족
제
비

고 있었다. 골목 너머에서 고양이가 싸우는 듯한 소리가 나서 가 봤더니 고양이 흔적은 없고, 어린이도서관 문 앞에 놓인 쓰레기봉투 옆에서 늘씬한 실루엣이 하나 뛰어갔다. 생김새와 움직임을 보니 이번에는 의심할 여지없이 족제비였다. 아니, 서울 시내 한복판에서 고양이도 아니고 족제비가 쓰레기봉투를 뒤진다니? (뒤진 게 아니었다면 미안!) 이후 봄과 여름 어느 밤에 각각 도로를 가로지르는 족제비를 목격했다.

인터넷에 찾아보니 족제비는 재빠르고 야행성이어서 사진은 많지 않았지만 의외로 서울에서 목격담이 적지 않았다. 서울에도 우리가 인식하지 못하는 이웃이 꽤 많이 살고 있다.

짧았던 인연

늘 그렇듯 여기저기 한눈을 팔며 동네를 산책하다 발밑을 보
니, 가로수 밑에 떨어진 새 한 마리가 보였다. 산 쪽으로 가
는 도롯가이고 바로 옆으로는 연립주택이 있는 곳에 왜 새
가 떨어져 있을까 싶어 가서 보니 작은 박새였다. 보통은 이
렇게까지 가까이서 볼 일이 없어 몰랐지만 깃털 색이 참 예
뻤다. 안타깝지만 죽음을 애도하며 지나가려는데 갑자기
박새가 살짝 움직였다.

크게 움직일 기력은 없지만 숨은 쉬고 있었다. 새에 대해 아
는 바가 없는 나는 어찌해야 할지 답이 떠오르지 않았지만
이대로 길에다 내버려 둔다고 새에게 좋을 것도 없을 것 같
아 내가 데려가야지 싶었다(이때는 고양이 룸메이트가 생기기 전

이었다). 산책길이라 아무것도 없어서 두 손에 고이 새를 받쳐 들고 집으로 왔다.

어디에 도움을 청해야 할까. 천연기념물 같은 동물이면 몰라도 박새는 야생동물 구조센터나 동물병원에서 봐 주지 않을 것 같았다. 그래서 일단 인터넷을 열심히 검색해 새 응급처치법을 찾았다. 어디를 다쳤는지 모르지만 지쳐서 움직이지 못하는 거라면 꿀물을 먹이면 좋다고 해서 꿀물을 타빨대에 약간 흘려서 넣어 줬다. 거의 눈을 감고 있던 박새는 꿀물을 조금 먹는 듯하다가 눈을 잠깐 떴는데 잠시 후 부르르 떨더니만 영원히 눈을 감아 버렸다.

박새를 상자에 넣어 묻어 주고는 생각했다. 무슨 일이 있었던 걸까? 차에 부딪혔던 걸까, 천적에게 쫓겼던 걸까, 병에 걸렸던 걸까? 아무리 도심이라도 나무가 있는 곳이면 으레 새가 있는데, 나는 새가 어디서 나고 자라서 죽는지, 사람이 만든 환경이 새에게 어떤 영향을 끼치는지 모르고 산다. 분명 새에게도 파란만장한 삶이 있을 텐데.

박
새

반갑지 않은 사냥꾼과 동거

어쩌다가 동거묘가 생겼다. 복잡한 과정 이야기는 생략하고, 어쨌든 우리가 함께 살게 된 건 내 의지보다는 고양이 의지가 더 들어간 일이었다고 본다. 옥상에 살던 녀석이 은근슬쩍 방 일부분을 차지하더니 결국 집 전체를 접수하면서 인간의 삶의 질은 조금씩 떨어졌지만 대부분 그렇듯 귀여움에 져서 어쩔 수 없이 살고 있다. 계획하고서 고양이를 집에 들인 것이 아니기 때문에 초반에는 온갖 장애물이 난립한 작업실에서, 여기저기 오르내리고 장난치기를 좋아하는 고양이와 어떻게 같이 살 수 있을까가 걱정이었지만 뜻밖에도 문제는 다른 곳에서 심각해졌다.

녀석과 함께 살게 된 지 얼마 안 된 여름밤, 한 살 이하 활동적인 고양이는 충분히 놀아 주면 만족하고 잔다고 하기에 한 시간이 넘게 낚싯대로 놀아 줬다. 인간은 지쳐 가는데 고양이는 잠을 자기는커녕 밤이 깊을수록 눈망울이 더욱 초롱초롱해져 갔다. 밤새도록 놀아 줄 수는 없었기에 포기하고 잘 준비를 하니 녀석은 실망하는 빛이 역력했다. 하지만 그것도 잠깐, 바로 문을 열고 밖으로 나가 버렸다.

평소처럼 밤 외출을 나가나 보다 했더니 바로 10분도 되지 않아 문을 열고 다시 들어왔다. 나는 반쯤 졸린 상태였는데 뭔가 파닥파닥하는 소리가 들려 잠이 십 리 밖으로 도망가 버렸다. 고양이 이빨 사이에 적당히 물려 있던 매미가 내는 소리였다. 더욱 경악스럽게도, 고양이가 입을 살짝 벌리자마자 입 사이를 빠져나온 매미가 방 여기저기를 날아다니기 시작했다. 소용이 없다는 걸 알면서도 고양이에게 소리를 지르며 화를 낼 수밖에 없었다. 결국 힘 빠진 매미를 겨우 잡아 밖으로 내보냈다. 고양이에게는 무척 아쉬운 일이었겠지만. 아니, 별로 아쉽지 않았을지도 모르겠다. 여름이라 매미는 많았고, 옥상에 나가면 바로 나무라 멀리 갈 필요도

없으니까.

인간은 펄쩍 뛸 노릇이지만 그 다음날도 고양이는 매미를 잡아 왔다. 살아 있는 걸로. 나도 오기가 있는 인간이기에 바로 매미를 밖에 내다 버렸지만 그 여름 내내, 자그마치 한 달이 넘는 동안 지치지도 않고 고양이는 매일 매미를 한 마리씩 잡아 왔다. 아무리 내가 화를 내며 잡은 매미를 바로 내보내도 고양이의 사냥 본능을 억누르기에는 많이 부족했던 모양이다.

다행히 이듬해에는 고양이가 매미를 잡아서 집으로 가져 오는 일은 없어졌다. 그렇지만 아주 가끔, 매미가 아닌 더욱 경악할 것을 사냥해 올 때가 있다. 어쩌다 이런 사냥꾼과 동거를 하게 됐나 한탄하다가 문득 고양이가 유해 조수로 지정되지 않은 이유는 뭔지 궁금해졌다. 도시 인근에서 조금만 활동해도 금세 퇴치(?)되고 마는 멧돼지나 뱀 같은 동물도 있는데, 당당하게 급식까지 얻어먹으며 사람 곁에 안착한 고양이의 비결은 대체 뭘까? 요즘 같은 시대에 딱히 쥐를 잡는 고양이가 필요할 것 같지도 않고.

내 경험에 비추어 조심스럽게 말하자면 그 비결은 '귀여움'인 것 같다. 귀여움이 아니라면 (나를 비롯해) 그 많은 사람이 그 많은 동물을 놔두고 쓸데도 별로 없는 고양이를 애지중지 보살피는 이유를 설명할 수 있을까? 그렇게 보면 고양이는 역시 묘한 동물이다. 귀여움으로 인간을 정복하다니!

한편, 고양이가 다시 매미를 잡아오지는 않을 거라고 생각했던 내 예상은 완전히 빗나가 버렸다. 사냥을 멈췄던 건 아마 그해에 비가 너무 많이 와서 그저 사냥하기가 어려웠던 것뿐이었나 보다. 다시 집 안으로 매미 들여오는 것을 몇 번 금지하자 이제는 밥 먹을 때만 가끔 들어오고 아예 밖에서 노숙하며 매미를 잡고 있다.

물범을 보러 갔지만
조개만 캐다 온

꽤 오래전 어느 신문에서, 바위에 누워 태평하게 햇볕을 쬐는 점박이 덩어리 같은 물범 사진을 봤다. 그 해맑은 모습은 백령도에서 볼 수 있는 모양이었다. 찾아보니 한 군데 여행사(이름은 '까나리'였다)에서 판매하는, 이름처럼 무척 소박한 패키지 관광 상품이 있었다.

인천항에서 쾌속선을 타고도 4시간쯤 걸려 백령도에 도착했다. 정해진 일정에 따라 백령도 이곳저곳을 버스를 타고 단체로 여행했다. 숙소는 아마도 섬에서 한 곳밖에 없는 듯한 여관(인 것 같았지만 이름은 모텔)이었고, 식사는 역시 아마도 섬에 하나밖에 없을 듯한 식당에서 했다.

근해에서 배를 타고 장산곶 매 이야기를 들으며 두무진을 돌

물범

아보는 것도 여행 온 보람이 있어 좋았지만, 나는 물범이 나
타나기만을 기다리고 있었다. 저 멀리 보이는 바위에 있을
까 했지만 가마우지 떼만 보였고, 배는 속절없이 섬으로 빠
르게 돌아가고 있었다. 물범이 백령도 관광 홍보에 상당한
비중을 차지한다고 (혼자서) 굳게 믿고 있었던 나는 적잖이
실망했다.

실망한 마음과 별개로 사진은 열심히 찍고 있는데, 갑자기 안
내를 하던 분이 물범이 나타났다고 말했다. 바로 카메라를

돌려 봤더니 저 멀리 물속에 잠긴 머리들이 띄엄띄엄 보였다. 너무 멀어서 물범인지 아닌지도 알 수 없을 정도였지만, 요란한 소리를 내는 배를 타고는 그 이상 접근할 수가 없었다. 최대한 줌을 당겨서 찍은 카메라에는 파도 사이로 손톱만큼 코를 내밀고 있는 물범의 자취가 담겨 있었다.

첫날 인사치고는 성공이다 싶었는데 그다음 날도, 마지막 날도 점점 물범을 만나기 어려운 곳으로만 돌아다녔다. 다음 날은 우리가 묵고 가는 숙소와 식당이 이 섬에서 유일한 곳은 아니라는 걸 증명하려는 듯 읍내를 돌아다녔다. 백령도가 북한과 경계라는 점을 강조하려는 듯 살벌하게 놓인 탱크와 경비 초소와 지나치게 사실적인(반쯤 걷어 올린 치마를 뒤집어쓰고 곧 바다에 뛰어들 듯한) 심청 동상은 굳이 보고 싶지 않았는데. 그래도 혹시나 물범을 볼 수 있지 않을까 싶어 실낱같은 기대를 품었지만, 사자바위가 있는 포구에서 마지막 희망은 사라졌다.

여행 마지막 일정은 끝없이 펼쳐진 갯벌에서 조개를 캐는 것이었다. 아무리 시월이라고 해도 그늘도 없는 땡볕 아래서 푹푹 빠지는 펄에 쪼그리고 앉아 호미로 여기저기를 헤집는 일이 그리 즐겁지는 않았다. 게다가 기껏 캔 조개는 인천 항까지 차를 가지고 온 게 아니었기에 여행사에 넘길 수밖에 없었다. 조개를 든 채 지하철을 타고 서울까지는 갈 수 없으니 말이다.

이후 백령도 관광 코스도 전보다 많아졌고, 물범도 한동안 모습을 많이 드러내다가 최근에는 보이는 수가 줄었다고 한다. 관광 코스가 개발되어 사람이 늘어난 탓인지 기후 변화 탓인지는 모르겠지만, 부디 일시적인 현상이었으면 좋겠다. 땡볕에서 조개를 캐더라도 물범만 볼 수 있다면야.

동물원의 안과 밖

코로나19 영향으로 실내가 아닌 약속 장소를 찾다 어린이대
공원에서 지인을 만났다. 밀린 이야기를 나누며 공원 이곳
저곳을 정처 없이 돌아다니다 동물원 구역으로 진입했다.
서울 한복판에 아직도 동물원이 남아 있는 줄은 몰랐다.
왈라비와 프레리도그로 시작해 미어캣, 염소, 수달, 조랑말
등이 보였다. 어린 코끼리는 어떻게든 분리된 회전 철문을
열고 나오려 안간힘을 쓰고 있었다. 자칼이나 하이에나, 여
우, 스라소니 등은 우리 끄트머리에 널브러져 있거나 쳇바
퀴 돌 듯 우리 안을 맴돌고 있었다. 아프리카 서벌캣은 해가
잘 드는 유일한 장소인 유리 옆에 앉아 졸고 있었지만, 구
경하던 사람들이 유리를 두드리거나 시끄럽게 떠드는 통에

서벌캣이 잠든 풍경이 평화롭게 보이지는 않았다.

너희는 어쩌다 여기까지 왔니, 하는 기분으로 그 북새통을 지켜보다 옆으로 걸음을 옮기니 표범 우리였다. 그 동물원에서는 코끼리 우리 다음으로 넓은 듯했지만 표범은 별로 행복해 보이지 않았다. 사람 관점에서 보자면 꽤 넓을지 모르겠지만 표범의 활동 영역에 비하자면 턱없이 좁을 테니까.

권태로운 표정으로 하품을 하는 표범을 보고 있자니, 우리 집 외출 고양이가 생각났다. 우리 집을 베이스캠프 삼아 온 동네를 돌아다니니 적어도 동물원 표범보다는 좋은 팔자라고 할 수 있으려나. 물론 그렇게

표범

별 탈 없이 돌아다니게 되기까지 꽤 험난한 영역 싸움을 했을 테고, 청소년기를 지나서는 중성화까지 당해야 했지만. 자유롭게 다니던 외출 고양이가 외출을 포기하지 않듯 바깥세상을 모르는 실내 고양이는 밖을 두려워한다. 하지만 소위 반려동물이나 동물원 동물에게 무엇이 좋은지를 인간이 결정하는 게 과연 옳을까?

언젠가 서울대공원에서 본 말레이곰이 떠올랐다. 곰은 죽은 나무둥치 위에 올라가 자꾸만 밖을 내다보고 있었지만 우리 주변에는 철망이 빈틈없이 쳐져 있었다. 우리 앞에는 곰의 탈출 이력이 적힌 설명글이 있었다. 2010년에 청계산으로 탈출해서 꽤 오랫동안 도망자 생활을 하다 잡힌 말레이곰 '꼬마'였다. 큰 사고 없이 동물원으로 돌아온 게 사람에게는 다행일지 몰라도, 분명 곰에게는 해피엔딩이 아니었을 거다.

비둘기는 하늘의 쥐?

비둘기 모이주기 금지

비둘기는 '야생생물 보호 및 관리에 관한 법률'
제 2조 제 5호 및 동법 시행규칙 제4조에 의거
유해조류로 지정되어 있습니다.

이 경고문을 보기 전까지는 비둘기에 대해 깊이 생각해 본 일
이 없는 것 같다. 솔직히 비둘기가 예쁘다고 여긴 적은 없다
(가끔 동네로 내려오는 경계심 많은 멧비둘기 빼고는). 그렇다고 싫어
하는 것도 아니다. 대학교 때 오래된 학생관 꼭대기 층에 있
던 동아리 방에서는 날이 궂으면 비둘기 울음소리가 음산

하게 들렸고, 어느 날은 동아리 방의 낡은 천장을 뚫고 비둘기 둥지가 떨어지기도 했다. 별로 유쾌한 기억은 아니지만 그게 비둘기 탓도 아니고. 그런데 <비둘기는 하늘의 쥐>라는 음반까지 있을 정도로 사람들은 비둘기를 싫어한다. 그 이유를 잘 모르겠다.

그런저런 생각을 하던 차에, 근처에서 역시나 경고문을 보고 있던 분들이 하는 이야기를 들었다. 비둘기 한 마리가 죽

비둘기

었는데 다른 비둘기들이 주변을 둘러싸고는 어디 가지 않더라는, 비둘기는 먹이를 발견하면 다른 비둘기를 불러오더라는, 그러니까 비둘기는 애도할 줄도 알고 의리도 있는 새라는 이야기였다. 유해조류라고 적힌 경고문을 앞에 두고 비둘기 칭찬을 듣자니 스스로가 인간인 게 좀 부끄러워졌다.

노아 스트리커가 쓴 책 『새 : 똑똑하고 기발하고 예술적인』을 보면 비둘기는 기원전부터 사람에게 길들여져 우편배달부 역할을 했고, 근대에는 군사 작전에서 뛰어난 길 찾기 능력을 보여 주며 활약했다는 이야기도 나온다. 어느 곳에 있든 지도도 없이 집으로 돌아올 수 있다는 건 인간 기준과는 다르더라도 비둘기에게 뛰어난 지적 능력이 있다는 뜻이다.

비둘기를 조금이나마 알고 나니 이런 생각이 들었다. 도시 사람들이 비둘기를 그토록 싫어하는 까닭은 사람들이 지저분하게 만든 도시에 지나치게 잘 적응해서, 굳이 알고 싶지 않은 자기 모습을 발견하기 때문이 아닐까? 마침 색깔마저 회색 도시와 비슷하고 말이다.

새 집의 불청객

지리산 둘레길을 걷다가 우연히 가게 된 게스트하우스는 주인이 살지 않아 동네에서 대신 관리하는 분에게 문자로 간단히 안내만 받고 찾아가야 하는 곳이었다. 묵직한 나무 대문 빗장을 열고 들어가니 잘 가꾸어진 텃밭과 마당, 구들방과 마루, 부엌이 눈에 들어왔다. 나는 따로 있는 바깥채 작은 방을 예약했지만 달리 묵는 손님도 없었기에 독채 부럽지 않게 지낼 수 있을 것 같았다.

근처 슈퍼에서 사온 라면을 끓여 먹으려고 부엌으로 가는데, 마당 장대 위에서 울어 대던 새가 다급하게 경고음을 내며 이리 날았다 저리 날았다 했다. 아니, 왜 그래? 하루만 자고 가자는데. 알고 보니 이 집에는 사는 사람은 없어도 사는 새

가족은 있었다. 그것도 새끼를 낳은 지 얼마 되지 않은 딱새 가족이. 하필이면 바깥에 있는 부엌 옆 냉장고 근처에 둥지를 틀었는데, 영문을 모르는 인간이 라면을 끓인다고 왔다 갔다 하니 놀라 다급하게 경고음을 외쳐 댈 수밖에.

상황을 알고 나서는 되도록 딱새 가족에게 방해가 되지 않으려 했지만, 부엌과 냉장고를 쓰려면 둥지 근처로 갈 수밖에는 없어서 그때마다 어미 새의 야단을 들어야 했다.

밥을 먹고는 부엌과 멀리 떨어진 평상 쪽에 가서 커피를 마시는데 이번에는 흰색과 검은색 줄무늬 새 한 마리가 나타나

딱새

마당을 통통 뛰어다녔다. 주인이 살지 않고, 다른 손님이 없다고 빈집이라 생각했는데 아니었다. 새들이 주인인 집에 머문 것이니, 인간은 그저 최대한 조용히 하룻밤을 보내고 가는 게 상책.

코로나로 세상이 그 어느 때보다 조용해진 2020년 이후, 지구 곳곳에서 야생 동물이 인간의 영역에 나타난다는 뉴스를 심심치 않게 접한다. 그럴 때면 지구에서 인간은 잠시 머물다 갈 뿐이면서 온갖 민폐를 끼치는 손님은 아닐까 싶어 새삼 반성하게 된다.

중랑천 산책

겨울 지리산 람천에서 반쯤 언 강물에 옹기종기 모여 있던 쇠
오리 떼를 본 이후, 시간이 나면 새를 보러 다녔다. 그날도
지인과 만나 한강 변을 산책하며 흰죽지가 잠수하는 걸 보
다가 헤어지고는 집으로 가는 길이었다. 지하철을 타고 가
며 바깥 풍경을 보는데 다리 아래로 엄청난 오리 떼가 있어
바로 내렸다. 그곳은 서울에서 탐조하는 사람들 사이에서
유명한 중랑천이었다.

개천 바로 옆으로는 차들이 쌩쌩 달리고 있었지만 아랑곳하
지 않고 살곳이 다리 아래쪽에서는 청둥오리, 흰뺨검둥오
리, 쇠오리, 고방오리, 흰죽지 같은 오리가 모여 있었다. 슬
쩍 보기에도 물이 깨끗해 보이지 않았고 약간 냄새도 났지

물닭

만 먹이가 있으니 이리 자리를 잡았겠지. 오리 사이에는 생
김새가 확연히 다른 물닭도 있었다. 물닭 무리는 공사하다
방치해 놓은 듯, 물에 반쯤 잠긴 콘크리트 구조물에 올라가
부지런히 깃을 다듬거나 이리저리 헤엄치며 물풀 같은 걸
건져 먹었다.

집에 돌아와 물닭 자료를 찾아보다가 깜짝 놀랐다. 첫 번째
는 발을 보고. 크기도 크거니와 발가락 마디마다 물결 모양
으로 달린 판족이 특이했기 때문이다. 사람이 물 위를 걷는
다고 하면 못 믿겠지만 물닭이 걷는다고 하면 어쩐지 설득
될 것도 같은 모양이었다. 두 번째는 보신용으로 남획해서
멸종 위기까지 간 뜸부기 대용으로 잡아먹히는 수난을 당

하기도 했다는 사실 때문이다(검색해 봤더니 불과 1990년대 일이었다).

마침 그날 한강을 산책하다가 지나가는 아저씨들이 하는 이야기를 스쳐 들었는데, 귀를 의심할 만한 내용이었다. "우리 어릴 때는 말이야, 까마귀가 논에 나락 떨어진 거 먹으려고 새카맣게 내려앉잖아? 그럼 그걸 다 잡아서 구워 먹었어."

가축의 대량 사육으로 생기는 문제도 큰데 색다른 걸 먹어 보겠다는 인간의 욕망은 끝이 없는 것 같다. 야생에서 보는 동물은 멋지고 위엄 있다. 식탁에 올리기보다는 자연에서 보는 게 어떨까?

물닭

청계천을 거슬러 올라

학생 시절 나에게 청계천은 보물창고 같은 곳이었다. 미로 같은 골목을 돌아다니며 헌책이나 외국 책, LP를 구경했다. 다만 그곳에서 나던 알 수 없는 냄새는 힘들었다. 묵직하게 아래로 떠도는 것 같은 악취는 복개된 청계천이 언제 터질지 모른다는 풍문과 함께 청계천 상가에 어두운 그림자를 드리웠다.

생활권이 달라지며 청계천은 내 마음에서 서서히 잊혔다. 그 사이 청계천은 복원 계획으로 갑자기 다른 운명을 맞이했다(4대강에 비하면 그나마 큰 참사는 아니었다고 해야 할까). 완공된 청계천에 일부러 산책하러 간다는 사람들도 있었지만, 나는 수돗물을 흘려보내는 도심 인공 하천에 무엇이 살 수 있을까 싶어 갸웃할 뿐이었다.

이따금 자전거를 타고 중랑천으로 새를 보러 가는데 그러자면 청계천을 지나야 한다. 십수 년 세월이 흐르니 삭막하던 인공 하천에도 새가 날아들고 물고기가 자리를 잡았다. 뭘 먹고 사는지 모르지만 팔뚝만 한 잉어가 떼 지어 지나가고, 긴 다리를 휘저으며 왜가리가 고기를 잡는다. 자전거를 타고 가며 그런 모습을 보다가 청계 고가도로를 철거하고 둔 교각 꼭대기에 커다란 새가 앉아 있는 게 눈에 띄었다. 잠시 자전거를 세우고 봤더니 민물가마우지였다. 중랑천에 꽤 많은 수가 있더니 거기서 여기까지 거슬러 올라온 모양이었다.

민물가마우지

얼마 전 뉴스를 보니, 민물가마우지가 닥치는 대로 물고기를 먹어 치우는 바람에 피해를 입은 지자체들이 민물가마우지를 유해조수로 지정하자고 건의했다고 한다. 1999년에는 269마리였던 개체 수가 20여 년 만에 100배 가까이 늘었다는데, 그렇다면 과거에는 심각한 멸종 위기에 처했던 게 아닌가?

문제가 생길 때마다 특정 동식물을 탓하며 없애는 게 당장은 손쉬운 해결책이 될지 모르지만 인간의 개입으로 깨어진 생태계 균형을 바로잡는 근본적인 대책은 될 수 없을 거다. 아무리 청계천을 복원해도 자연스럽게 흐르던 물길까지 되살릴 수 없는 것처럼.

나의 노래를 들어라

장마가 시작되기 전에 하루라도 더 자전거를 타려고 깊은 밤에 청계천으로 나갔다. 불금을 즐기는 종로 초입의 청춘들과 불야성인 동대문 시장을 지나 조용한 성북천길로 접어들었다. 길이는 짧고 도로는 좁지만 사람과 차가 다니지 않는 밤에는 산책하기 좋은 길이다. 냇가를 따라 무성해진 풀숲이 보기 좋아 자전거를 세워 두고 잠시 걸었다. 냇가에서는 시원한 바람이 불어왔고, 풀숲에서는 반가운 콩다닥냉이와 망초가 다른 풀과 어우러져 고개를 내밀고 있었다.

다리 밑으로 물이 졸졸 흐르는 소리를 들으며 지나려니 낯선 소리가 들렸다. 빽빽이 모여 물 위에 섬처럼 돋아난 창포 속

에서 나는 소리 같았다. 누가 소리를 내는
지는 전혀 보이지 않았지만 소리는 갈수
록 또렷해졌다. 드르륵거리는 작은 엔진
소리 같다가 중간에는 쩍, 쩍, 하는 변주까
지 더해졌다. 게다가 고양이가 약간 불만
스러울 때 낼 법한 소리까지 들리니 주인
공이 더욱 궁금해졌다.

한참을 들여다봤지만 아무리 주변 조명이
환하다 해도 냇가 가운데에 있는 수초 안
까지는 보이지 않았다. 그 알 수 없는 노래
는 사람 소리, 갑자기 짖는 개소리, 오토바
이 소리가 날 때마다 끊겼다. 가만히 멈춰
서서 귀를 기울이고 있으려니 자정이 넘
은 시간, 조용해야 할 주택가는 의외로 소
음 천지였다. 사운드스케이프(Soundscape)
라는 개념을 창시한 머레이 쉐이퍼가 소
리 환경의 중요성을 깨닫게 된 것도 주변
소음에 시달려서라더니.

수초 속 공연자는 아무래도 논에 사는 개구리처럼 합창단이 아니고 솔리스트인 모양이었는데 혼자서는 소음에 대적하기 어려웠다. 자전거를 두러 다리 위로 올라갔더니 솔리스트의 바로 위인지 소리가 좀 더 잘 들렸다. 그러나 그것도 잠깐, 곧 음악을 크게 틀고 운동하는 사람이 나타나는가 하면 경찰차 사이렌 소리까지 들려왔다. 내 노래를 좀 들으라고! 화낼 법도 한데 솔리스트는 참을성 있게 기다렸다가 소음이 잦아들면 다시 노래하기 시작했다.

문득 옛날 마당 있는 집에 살 때, 장마철이면 마당 구석 어딘가에서 가끔 소리를 내던 맹꽁이가 생각났다. 성북천에서 특이한 노래를 부르는 주인공은 아마도 두꺼비 종류가 아닐까 싶었지만 끝내 모습을 볼 순 없었다. 누군지는 모르지만 이 귀여운 노래가 종종 생각날 것 같다.

갈 곳 없는 오리의 숙소

우리 곁의 동물

날이 더워지면서 성북천 산책로는 늦은 밤에도 두셋씩 모여 운동하는 사람들, 벤치에 앉아서나 걸어가며 대화하는 사람들로 북적거렸다. 넓지 않은 개천은 다리 조명이 반사되어 밝게 일렁였다.

얕게 흐르는 개천에는 바위가 몇 개 있었고, 그중 좀 큰 바위에 흰뺨검둥오리 한 마리가 목을 깃 사이에 파묻고 잠을 청하고 있었다. 이 주변 오리는 보통 청계천과 만나는 곳과 가까운, 좀 더 하류 쪽에 있었는데 이 녀석은 웬일인지 물길을 한참 올라와 사람들이 오가는 개천 한가운데에 자리를 잡았다.

천변 산책로에 아예 자리를 잡고 조공을 바라는 터줏대감 고양이만큼은 아니지만 녀석도 사람이 있건 말건 크게 신경을 쓰지 않는 눈치였다. 사람은 그렇다 치고 소음과 조명 때문에 괴로울 것도 같은데(주택에 사는 나는 평소 소음과 가로등 조명 때문에 괴로운 일이 많다). 신경 안 쓰는 척해도 사실은 갈 곳이 없어 이런 곳에 자리를 잡은 건가 싶어 안쓰럽기도 했다.

그다음 날 밤에도 오리는 같은 자리에서 잠을 자고 있었는데,

이번에는 둘이었다. 소음과 불빛 사이에서 타원형 덩어리 둘이 꼼짝도 않고 있었다. 왜가리나 해오라기는 이 시간에 어둠을 응시하며 사냥을 하던데 오리에게는 휴식 시간이려나? 하지만 다른 날 이른 아침에 산책을 갔을 때도 오리는 그 자리에서 잠을 자고 있었다. 이번에는 다시 한 마리. 낮에 보는 건 처음이라 유심히 보며 조심스레 사진을 찍으니 녀석은 눈을 껌뻑껌뻑하더니만 귀찮다는 듯 다시 깃 속에 머리를 묻어 버렸다.

밤에도 깜박이는 산책로 야광 표지와 환한 조명이 켜진 운동 기구, 개천 한가운데를 꽉 채운 조명 분수대가 인간에게는 좋겠지만 오리에게는 그렇지 않을 것 않다. 나는 이런 편의 시설 덕분에 한밤중에 자전거를 타고 성북천까지 산책을 올 수 있었지만, 그 때문에 오리의 편안한 잠을 방해하는 건 아닐지. 달리 갈 곳도 없어 보이는 오리에게는 이 다리 밑이 집인 셈일 텐데 말이다.

조르기 신공

참새

오래전 미술관으로 유명한 스페인의 작은 마을을 여행할 때 일이다. 야외 카페에 자리를 잡고 막 커피와 빵을 먹기 시작한 내게로 작은 새들이 다가왔다. 깃털색과 생김새가 좀 달랐지만 참새 같았다. 언어도 관습도 다른 낯선 곳이었지만 나는 녀석들이 내게 뭘 바라는 건지 명확하게 알았다. 한 마리가 꽤나 대담하게 내 손에 있는 빵을 가져갈 기세였기 때문이다. 전시를 보느라 식사 시간을 놓쳐 배가 많이 고팠던 참이지만, 나는 무언의 압력이 느껴져서 빵을 뜯어줄 수밖에 없었다.

그 전까지만 해도 이처럼 당당하게 먹을 걸 요구(?)하는 참새를 본 적이 없었다. 우리 집 마당을 오가는 참새들도 정기적으로 밥을 먹고 가긴 했지만 어디까지나 객식구로서 눈치를 보며 얻어먹는 정도였다.

이 동네에는 여행을 와서 마음이 더 너그러워진 사람들이 참새에게 먹을 걸 나눠 주는 일이 많았던 모양이다.

얼마 전 보니 집 근처 가게의 담 위에 참새 밥그릇이 놓여 있었다. 키 큰 나무가 있는 카페 2층 베란다에 앉아 있는데 참새들이 재잘거리며 내 자리와 가까운 나뭇가지를 왔다 갔다 하는 일도 있었다. 처음에는 그냥 지나가는 참새겠거니 생각했는데 분명한 목적이 있었다. 바로 음료 옆에 놓인 케이크였다! 케이크를 좀 떼어서 옆에 놓으니 눈에 보이지도 않을 정도로 빠르게 채 갔다. 한 녀석이 그러자 케이크를 노리고 다가오는 참새들이 늘어났다.

예전에는 농사를 망친다고 미움받고 먹거리 취급받던 참새가 요즘은 선뜻 사람에게 다가오고, 도시에서는 사람에게 친근하게 구는 길고양이도 흔하다. 전보다 인간이 동물에게 더 친절해졌기 때문일까? 인간과 교감하는 동물이 늘어나는 건 좋은 일이지만 이런 관계 개선은 아쉽게도 몇몇 종에게만 적용되는 것 같다.

누가 더 놀랐나 몰라

수십 년 동안 모니터만 쳐다보는 생활에 염증이 날 무렵, 귀촌을 생각했던 적이 있다. 이미 지리산 자락으로 귀촌해서 자리 잡은 분이 내려오기만 하면 집 한 채는 마련해 준다더라 하던 솔깃한 말 때문은 아니었지만, 적어도 서울처럼 살인적인 집값과 교통 정체, 어딜 가나 넘쳐나는 사람에 시달릴 일은 없겠다 싶었다. 게다가 서울이 고향이지만 나름 시골 같은 동네, 마당이나 이층 창으로 늘 산이 보이던 집에서 자랐기에 시골에 잘 적응할 수 있을 것도 같았고. 그런 생각을 하던 중에 시골살이학교 프로그램을 알게 됐으니 그게 약간 계시처럼 느껴지기도 했다.

결론부터 말하면, 조금 김이 빠지지만 나는 시골에서 살기에

는 턱없이 부족하고, 시골과 잘 맞지 않는 사람이었다. 노동이라곤 마우스를 이리저리 옮기는 것(가끔 무거운 노트북을 들고 다녀야 할 때도 있었지만)밖에는 해 본 적이 없는 사람이기에 우선 시골 생활에 필요한 노동을 버틸 체력이 없었다.

그리고 도시인에게 가장 적응하기 어려운 건 동물과 식물이다. 시골에서는 풀을 제대로 관리하지 않으면 집이 폐가처럼 보이는 건 순식간이다. 도시의 삭막한 콘크리트 사이에서는 한 포기 희망 같던 풀이 시골에서는 눈엣가시처럼 여겨질 수도 있다. 동물은 더 큰 이유로, 벌레 때문에 시골에서 살지 못하겠다는 사람들을 많이 봤다. 나는 어느 정도는 괜찮을 거라 생각했지만 밤에 사람들과 이야기를 나누다가 갑자기 나타난 지네 크기를 보고 생각이 바뀌고 말았다.

서울로 돌아와서도 시골살이학교에서 만난 분들과 가끔 연락을 주고받던 어느 날 밤, 지리산에 잠시 귀촌해서 활동가로 지내던 지인이 단톡방에 글을 올렸다. 자전거로 퇴근하다가 고라니와 마주쳐서 기절할 뻔했다는 내용이었다. 고라니라니! 단톡방 반응은 열광적이었지만 막상 내 일이었다면 어땠을까 상상하니 무서웠다.

내가 유일하게 고라니를 본 건 동물원에서였다. 그때 본 고라니는 귀여웠지만, 가로등 불빛 하나 없는 캄캄한 시골길에서 불쑥 마주친다면? 게다가 고라니 울음소리는 감기 걸린 아저씨 목소리 또는 비명소리 같다는데. 아마 고라니도 나를 보고 놀라겠지만 나는 기절할지도 모르겠다.

나는 지구에서 살아가는 다양한 생명체에 감탄하며 애정을 갖지만, 자연과 투쟁하듯 살지는 못할 것 같다. 어떤 대상을 좋아하는 데에는 적절한 존중과 거리가 필요하다.

성판악에서 도시락 기다리는 새

어느 해 11월 말, 일주일 정도 일정으로 제주도 여행을 갔다. 제주도에 왔으니 한라산은 가 봐야지 싶어 별 준비 없이 성판악 코스에 올랐다. 백록담이 보고 싶었지만 반드시 정상까지 가겠다는 의지가 확고한 건 아니어서 먹을 것도, 아이젠도 준비하지 않았다. 무식하면 용감하다고 했던가. 그저 눈길이 나오면 발길을 돌리거나, 혹시 매점이 있는 진달래밭 대피소까지 갈 수 있다면 거기서 간식과 아이젠을 사면 되겠거니 생각했다.

가다 보니 곧 눈길이 나왔고, 반쯤 녹아 질척질척한 데다 미끄럽기까지 했다. 매점이 나오려면 한참 남았는데! 결국 일행은 산굼부리에 가서 여유롭게 산책이나 하겠다면서 먼저

큰부리까마귀

내려가 버렸다. 점점 눈길이 단단해져 운동화를 신은 채 계속 올라가야 할까 말까 갈등이 될 무렵, 다행히 진달래밭 대피소가 나왔고 보급(김밥과 라면과 아이젠!)에 성공했다.

한결 편해진 발걸음으로 점점 단단해지는 눈길을 걸었다. 거의 정상이 가까워질 무렵, 눈길 군데군데 마른 풀과 돌이 섞인 곳에 까마귀들이 자리를 잡고 있었다. 진달래밭 대피소 부근에서도 까마귀 한두 마리가 나무에 있는 건 봤지만 여기는 아예 가족 친지 다 나온 듯, 수십 마리 이상이 있었다. 새까만 까마귀가 떼로 있는 풍경이니 왠지 분위기가 음산할 것 같지만 전혀 그렇지는 않았다.

가까이서 본 큰부리까마귀는 머리가 둥글고 복슬복슬해서 귀여웠다. 눈망울도 초롱초롱했다. 무엇을 그리 눈을 반짝이며 보는지 싶어 살펴보니 비좁은 데크에 삼삼오오 모인 사람들이 먹는 도시락이었다. 어떤 녀석은 데크를 둘러싼 울타리 말뚝에 앉아 '어이, 먹을 것 좀 풀어 봐' 하는 눈길로 등산객들을 훑어봤다. 그 모습이 귀엽긴 했지만 까마귀에게 먹을 걸 주지 말라는 경고문을 본 것도 같고, 주고 싶어도 먹을 것도 없는지라 지나쳐 백록담으로 걸음을 옮겼다.

백록담에 오르니 하늘 한쪽은 맑고 푸르며 다른 쪽으로는 구름이 걷혀 가고 있었다. 웬만한 산에는 다 통용되는, 3대가 덕을 쌓아야 맑은 풍경을 볼 수 있다는 이야기가 백록담에도 있는데, 다행스럽게도 우리 조상님이 주로 산 쪽에 치중해 덕을 쌓으셨나 보다. 겨울이라 물이 아니고 눈이 쌓여 있었지만 역시 장관은 장관이었다.

오던 길을 되짚어 진달래밭 대피소로 내려가 잠시 한숨을 돌리려니, 대피소 옆 공터에서도 역시 까마귀들이 있었다. 몇몇은 어떻게 하면 먹을거리를 얻을 수 있을지 작전 회의를 하는 것도 같았다. 사람이 보이자 눈빛을 반짝이며 바닥에 내려앉거나 울타리에 앉아 먹을 것을 찾았다. 그 모습이 귀여워 사진을 찍는데 빨리 하산하라는 안내 방송이 나왔다. 까마귀들이 작전(?)에 성공하기를 바라며 발걸음을 재촉했다.

섬서구메뚜기

우리 곁의
동물

나는 대체 뭘 키운 거지?

대문 앞 화분에서 스스로 잘 자란 망초와 명아주를 누군가 다 뽑아 놓는 일이 있고 나서, 다음 해에는 남들이 보기에 작물로 보일 만한 것을 심어 보기로 했다. 마침 생협에 들어온 목화 모종이 딱 알맞아 보였다. 목화를 키워 보기는커녕 실물을 본 적도 없지만, 보송한 솜이 달리는 모습을 상상하며 모종 네 개를 데리고 왔다. 꽤 튼튼해 보였던 모종은 처음에는 더디게 자랐지만, 일단 자리를 잡고 나니 쑥쑥 자랐다. 그해는 유난히 가물고 무더웠는데 옥상 상추 포기에서 깨알만 한 메뚜기 같은 것을 발견했다. 도시에 웬 메뚜기? 하며 신기해서 두고 봤더니 민트를 다 갉아 그물망을 만들어 놨다. 그런데 어느 날 보니 목화 잎에도 빠끔 구멍이 뚫려 있었다. 자세히 살펴보니 옥상에서 본 그 녀석이 아래층까지 내려왔다.

점점 목화 화분의 메뚜기 수가 불어났다. 수가 너무 많아서 일일이 잡을 수도 없었지만, 또 잎 좀 갉아 먹는다고 해서 꼭 잡아야 하나 싶어 그냥 뒀더니 목화와 함께 메뚜기도 쑥쑥 커 갔다. 자라니 방아깨비와 닮아서 그제야 녀석들의 정체가 궁금해 찾아보니 자라면 식물 잎을 폭식한다는 섬서구메뚜기였다. 나는 대체 뭘 키우고 있었던가.

목화가 생전 처음 보는 커다랗고 하얀 꽃을 피우자 목화에 대한 애정도가 상승했다. 게으르게 식물을 키우던 평소 방침(?)과 달리 목화는 혹여나 가물까 봐 매일 밤 1.8리터 생수 통에 물을 담아 조달했다. 목화에 대한 애정이 커지는 만큼 섬서구메뚜기가 점점 눈에 거슬렸다(이것이 잡초를 보는 족족 뽑는 분들의 심정일까?). 그래서 겨우 맺힌 목화 다래에 커다란 섬서구메뚜기가 앉아 있으면 쫓아내기도 해 봤지만 헛일이었다. 녀석들은 내가 쫓아내면 잠시 피했다가 금방 목화로 돌아왔다.

다행스럽게도 나와 섬서구메뚜기는 극단의 대립(육탄전이나 화생방전 등)까지는 치닫지 않았고, 목화 잎이 제법 갉아 먹히기는 했지만 꽤 많은 다래가 솜을 터트렸다. 생전 처음 목화 솜을 따 보는 진기한 경험도 했다. 하지만 목화에 대한 애정이 더 커진다면 다음에는 섬서구메뚜기의 안전은 보장할 수 없을 것도 같다.

버려진 것들, 살아남은 것들

늦여름 갔었던 샛강 풍경이 아른거려 이런
저런 일정 사이에 비는 틈을 타 다시 갔다.
다리 위에서 내려다본 샛강생태공원은 나
무와 풀이 멋대로 우거져 꼭 사람이 사라
진 후 자유로이 번성한 숲 같았다.
무엇을 발견하게 될까 궁금해하며 풀로 잔
뜩 뒤덮인 길을 걸었다. 처음 눈에 띈 식물
은 나무를 온통 뒤덮은 가시박이었다. 접
붙이기 용도로 수입됐다가 버려지면서 퍼
졌고, 지나치게 번성한 탓에 생태계교란
생물로 지정됐다.

이어서 아직 어린 듯 어설프게 날아다니는 직박구리와, 깃갈이를 하는지 머리가 벗어진 듯한 까치도 몇 마리 보였다. 송충이도 어찌나 많은지, 평생 본 송충이보다 이날 본 송충이가 더 많았을 거다.

연못 위로 난 데크 길로 접어드니 이번에는 비둘기 십수 마리가 나를 향해 정면으로 걸어오고 있었다. '이건 뭐지? 먹을 걸 내놓아라 비둘기 버전인가?' 약간 위협을 느꼈지만 그보다는 그 너머에서 걸어오지 않는 비둘기 한 마리가 더 신경 쓰였다. 녀석은 길에 꼼짝도 않고 누워 있었기 때문이다. 혹여나 죽은 걸까, 그럼 어떻게 해야 하나 걱정하며 비둘기 떼를 지나치는데, 녀석이 갑자기 다리를 뻗어 툭툭 털고 일어나더니 아무 일 없다는 듯 일행을 따라 걸어갔다.

어이가 없어 피식 웃으며 계속 데크를 따라 걸었다. 이번에는 연못에서 사냥하는 중대백로를 발견했다. 놀랍게도 창 같은 긴 부리를 물속에 넣는 족족 뭔가를 건져 냈다. 꽤 유능한 사냥꾼인 모양이다. 연못 갈대숲 사이 바위에는 청둥오리 한 마리가 한 다리로 서서 볕을 쬐고 있었고, 또 다른 오리 한 마리는 물가에서 풀숲에 있는 환삼덩굴을 뜯어 먹고

있었다.

연못을 떠나 오솔길을 걷는데 버드나무에서 어떤 덩어리가
움직이는 게 보였다. 가까이 다가가 살펴보니 가정에서 키
우거나 방생 행사에 쓸 용도로 많이 수입되던 붉은귀거북
이었다. 겨울에도 여기서 잘 살 수 있나 싶다가, 만약 외래
종인 이 녀석들이 무사히 번식해서 자리를 잡으면 가시박
처럼 미움받는 신세가 되겠구나 싶었다.

산책을 마치고 출구 쪽으로 나가려는데 근처 풀숲에서 뭔가가 빼꼼 고개를 내밀었다. 흰 털에 검은 점이 있어서 혹시 누가 잃어버린 강아지인가 싶어 자세히 보려는 순간, 녀석이 펄쩍 뛰어 등을 돌렸다. 솜뭉치 같은 꼬리에 긴 귀, 토끼였다! 풀숲 안쪽을 이리저리 뛰어다니며 풀을 뜯다가 이내 더 깊숙이 들어가 버렸다. 누군가 키우다가 버린 걸까.

공원 내 생태학습관 옆 길가에는 샛강에 수달이 돌아온 걸 환영한다는 현수막이 걸려 있었다. 그걸 바라보는데 기분이 묘했다. 어떤 생물은 사람 필요에 따라 들여왔다가 버려지고 그것도 모자라 배척까지 당하는데, 또 어떤 생물은 돌아온 것만으로도 현수막을 걸 만큼 환영받는다니. 사실 모든 생물은 그저 주어진 조건에 따라 살아가려 애쓸 뿐인데 말이다.

토끼

월간 잡초

주간
고양이